THE HEAD

THE
HEAD

集英社オレンジ文庫

スピンオフノベル

THE HEAD 前日譚　アキ・レポート

江坂　純

原作／アレックス・パストール　デヴィッド・パストール

本書は書き下ろしです。

CONTENTS

プロローグ

ただそこにいるだけで、人の目を惹《ひ》いてしまう人がいる。

小林亜綺《こばやしあき》は、まさにそういう人だった。素っ気ない白シャツを着て日陰に立っているだけなのに、誰より目立って後光を放ってしまう男。

インスタをのぞけば美男美女がいくらでも拝める時代だけど、この人の顔の整い方はちょっと異次元だ。なめらかな二重と、形のいい眉、すっきりとした瞼《まぶた》、そして涼しげなアーモンドアイ。混じり気のない黒ひと色の瞳は、信念の強さを感じさせる深い意思に満ちている。それでいながら、どこか子供のようなあどけなさも漂わせるのは、形のいい涙袋のせいだろうか。正面を見つめているときの眼差《まなざ》しは誰よりも凛々《りり》しいのに、少し目を伏せると途端に美しい睫毛《まつげ》の並びが露《あらわ》になって、どこか女性的な儚《はかな》さをも感じさせる。

一体、この人はなんだろう。すべての顔の部位をオーダーメイドで人工的に作って、理想の場所に配置したら、こんな容貌《ようぼう》が出来上がるのだろうか。

大石梨花《おおいしりか》は不思議な気持ちで目の前の顔を眺めた。猫のようにきゅっと口角の上がった唇といい、すっと通った鼻筋のフォルムといい、思わず指でなぞりたくなる輪郭《りんかく》のラインといい――こんな造形が記録された彼のDNAは、きっと誰よりも美しい螺旋《らせん》を描いているに違いない。

そう、小林亜綺は絵になる男だ。どこにいても、たちまち背景を自分のものにしてしまう。たとえ、彼の今いる場所が動物園の〝ウキウキふれあい広場〟で――

「なあ、頼むよ。僕にツバを吐いてくれ。顔にかけてもいいから」

などと、けったいなことを言いながら、アルパカに向かって手を合わせているところだったとしても。

「きみのツバがいるんだよ。少しだけ、ペッてしてくれないかな？　ね、お願い」

「……アキ先輩。セリフだけ聞いてると、ド変態みたいですよ」

梨花があきれて声をかけると、アキは心外そうに顔を向けた。

「茶化すなよ。真面目にやってるんだから」

ちょっと眉をひそめた表情すら、まったく麗《うるわ》しいったらありゃしない。思わずくらっと眩暈《めまい》がして、梨花は体幹で踏ん張った。

日常で見るには、あまりに顔が整いすぎている。インスタの投稿や映画館のスクリーンを通すならまだしも、現実に目の前に存在されては心臓に悪い。おまけに、顔だけでなく動きもきれいなのだ。しゅっと背筋の伸びた立ち姿や、均整の取れた丁寧な所作。視界に入るたびについつい目で追ってしまう。

梨花は雑念をはらうように小さく首を振ると、きゅっと表情を引き締めた。

「……アルパカ相手に、真面目も何もないでしょう。そいつ、アキ先輩の言うことなんて理解してないと思いますよ」

なるべく無機質に聞こえるよう、声を低くする。今は実地研究の真っ最中で、梨花はアキに助手として雇われているのだ。浮ついているところは見せられない。

「そうかなあ。結構伝わってる気がするんだけど」

小首をかしげると、アキは「なぁ?」とアルパカの顔をのぞきこんだ。あざといほどの甘えた仕草。相手が人間だったなら今ので軽〜く落ちるのだろうが、残念ながらアルパカには通じないようで、遠い目をしたまま微動だにしない。

ツバくらい自発的に吐いてもらわなくとも、口の中にスポイトを突っ込めば簡単に吸い取れるのだが、そうしないのはアキのこだわりだ。

「口内に長く滞在した菌じゃなくて、出来たばかりのピュアな唾液《だえき》が欲しいんだよ。だから、ね。お願い、ツバを吐いてくれないかな」

猫なで声でおだてながら、もっふりした体毛に覆《おお》われたあごをこしょこしょとくすぐると、アルパカはまんざらでもなさそうに目を細めた。

「もっと、嫌われるようなことをしたほうがいいですよ。アルパカがツバを吐くのは、嫌いな相手を攻撃するときらしいです」

言いながら梨花が近づくと、アルパカがビクリと反応した。つい数秒前までまったりしていたのに、急に険しい目つきになって、梨花のほうをにらみつけている。

「ん？」

梨花が足を止める。アルパカは唇を引き結び、威嚇《いかく》するように首を反らせると――次の瞬間、プッと勢いよくツバを吐いた。

「ぎゃッ⁉」

最悪だ。顔中に浴びてしまった。

「やったな！　梨花！」

目の前で後輩が唾液まみれになっているというのに、アキは弾んだ声を隠そうともしない。梨花の頬《ほお》にスポイトをぴとっと当てると、ちゅるっと唾液を吸い込んだ。

「すごいな。僕がいくらやってもダメだったのに、梨花が来たら一発でツバをくれた」

悲願のレアアイテム〈アルパカの唾液〉を手に入れて、アキはすっかりうれしそうだ。

ンアー～、とアルパカの野太い長鳴きが聞こえ、梨花はげんなりと脱力した。草っぽい胃液の臭いがキツくて、今にも吐きそうな気分だけど……まぁ、いっか。アキ先輩の役に立てたんだし。

二人がこんなにも必死になっているのには、理由があった。

唾液の中に潜《ひそ》む、けして目には見えない小さな小さな生き物を、探し出そうとしているのだ。

1

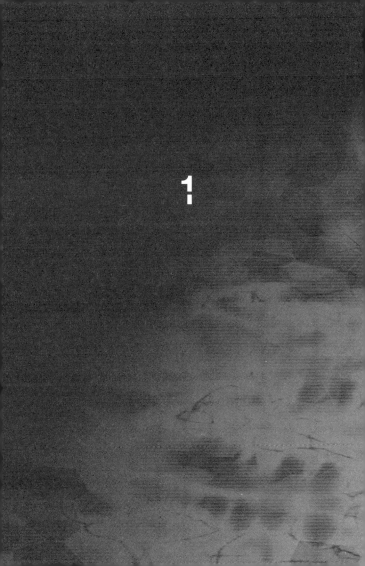

南極に行って、自分の研究をすること。

それが、微生物学者としての、小林亜綺《こばやしあき》の目標だった。

南極は、世界で最も寒く、暗く、過酷な場所だ。地表の九十七パーセント近くが氷に閉ざされ、一年の半分は陽《ひ》の昇らない極夜《きょくや》の闇《やみ》に沈みこむ。大気中に含まれる微粒子濃度は地球上で最も低く、記録に残る最低気温はマイナス九十四度。ほかに類を見ないこの特殊な環境には、未発見の可能性が数多く眠っているはずだ。

四年前、帝都大学を首席で卒業したアキが、並み居る教授たちのスカウトを断ってデンマークに留学することを選んだのも、南極が理由だった。デンマークは南極探査に積極的な国の一つで、これまでにも多くの科学者を南極に送り込んでいる。日本の大学で研究を続けるよりは、南極行きのチャンスをつかめる可能性が高いはずだ。

国境を越えてもアキの優秀さは揺るがず、アキはすぐに担当教授から気に入られた。

「この調子で研究を続けていれば、いつか南極探査に召集される日が来るよ」

そう背中を押され、修士取得後もデンマークにとどまって博士課程に進むことを決めた。こつこつと研究に打ち込み地道に論文を発表し続け、ようやく博士課程取得の目前まで来たアキの目の前に突如として別の選択肢が降りてきたのは、去年の九月のことだ。

短い夏の余韻を残すコペンハーゲンで開催された、微生物学の国際学会。ポスター発表を任されて会場で待機していたアキに、日本語で話しかけてきた人物がいた。仕立てのいいスーツを着た、恰幅《かっぷく》のいい中年男性だ。白髪交じりの長髪を、ずんぐりとした首の後ろで一つに束ねている。

「小林亜綺くんだね。ＴＪＩＤに掲載されたきみの論文を読んだよ」

差し出された名刺を見て、アキは度肝《どぎも》を抜かれた。

帝都大学微生物学科教授　浜田竜彦《はまだたつひこ》――微生物学者ならその名を知らぬ者のいない、僻地《へきち》における微生物探査のエキスパートだ。帝都大学はアキの母校でもあるが、アキが在籍していた当時、浜田教授はマリアナ海溝で高圧に耐えられる微生物を探すのに夢中でほとんど国内にいなかったので、残念ながら接点はなかった。

「きみの論文、出来がよくて驚いたよ。あれだけ手間のかかる実験をよく仕上げたものだ。勘がいいんだね」

面と向かって褒められ、アキは謙遜《けんそん》するのも忘れて赤くなった。浜田教授ほどの人が、小さな学術誌に掲載された無名の学生の論文に目に留めてくれたばかりか、発表者の名前まで記憶してくれていたなんて。

そう、論文を読んでもらえただけで、アキは十分に満足だったのだ。だから、続けざま浜田教授がこんなことを提案してきたのは、いよいよ予想外だった。

「きみさえよければなんだけど——僕の研究室に来てくれないか。手伝ってほしい研究があるんだ」

人目のあるところでは詳しく話せないと言われ、狐につままれたような気持ちのまま会場を出て近くのホテルのラウンジに入った。いかにも北欧らしいウッドフレームのソファに腰を下ろし、浜田教授と向かいあっても、アキの脳内は混乱したままだった。

信じられない——今、僕は、あの浜田教授からスカウトを受けてる。まだ何の実績もないのに。こんなの、アスペルギルス・オリゼーが納豆を作るよりもあり得ない。

「やっぱり日本語で話せるのはいいね。腹を割れる」

深煎《い》りのコーヒーが来るのを待ってから、浜田教授はおもむろに切り出した。「アキくんさ、わくわく動物園って知ってる?」

わくわく——なんだって?

「田端《たばた》にある動物園……でしたっけ」

世間話なのか本題なのかわからなかったが、アキはとりあえず神妙な表情のまま応答した。

「正確には田端と西日暮里《にしにっぽり》の中間だね。アルパカやカピバラを直接触れるコーナーがあって結構楽しいんだけど、行ったことない？」

「いいえ、残念ながら……」

いよいよ何の話だ、これは。

戸惑うアキのほうへ、浜田教授はぐっと身を乗り出した。

「そのコーナーの近くに、チューリップガーデンっていう名前の休憩所があってね。そこで採取した土の中に、実におもしろい微生物がいたんだよ。大量培養《ばいよう》に成功すれば、未来の人類を救うかもしれない――そんな、すばらしい可能性を秘めた微生物がね」

浜田教授はポケットからボールペンを取り出すと、折り目のついた紙ナプキンにさらさらと文字を書いた。

「〈メチロコカス・オパカス〉って名づけたんだ」

微生物の学名はラテン語を基にしている。アキは頭の中で日本語に翻訳《ほんやく》した。メチロコカス・オパカス、意味は――〝メタンを変換する生き物〟。

「……まさか」

アキの察しのよさに気をよくして、浜田教授はにっこりした。

「そう。メチロコカス・オパカスは、メタンガスを高分子有機物に変換する能力を持つかもしれないんだ。それも、圧倒的な効率でね」

　メタンガスは地球温暖化の主要な原因の一つとされ、二酸化炭素の二十倍以上という強力な温室効果を持つ物質だ。世界中の火山から放出されているほか、牛や羊など草食動物のげっぷや糞《ふん》にも多く含まれている。そのメタンガスを別の有用物質に変換してくれる微生物が存在したとすれば、人類にとって大ニュースだ。大量培養に成功すれば、地球温暖化の進行を大きく食い止めることができるかもしれない。

「メチロコカス・オパカスの発見は偶然だった。僕の研究室に所属するポスドクが、学生相手に土壌採取のレクチャーをしていてたまたま発見したんだ。ただ、残念ながらそのときに見つかったメチロコカス・オパカスは大量培養する前に死滅してしまってね。それ以来、一度も採取には成功していない。そこでね、きみのような勘のいい微生物学者に、メチロコカス・オパカスの研究を手伝ってほしいんだよ」

　それは、一介の研究者に過ぎないアキにとっては身に余るほどのスカウトだった。この誘いを受けてメチロコカス・オパカスの単離培養に成功すれば、微生物学会にとどまらず科学史に名を残す偉業になる。普通の研究者なら一も二もなく承諾するはずだ。

　しかし――

「ありがたいお話ですが、すぐに研究室を移るのは難しいと思います。土壌微生物は、僕の専門分野からは少し外れるので」

アキはあくまで冷静に答えた。

メチロコカス・オパカスの研究は魅力的だが、南極探査に結びつくとは思えなかった。アキの目的は南極に行くことで、科学史に名を残すことではないのだ。

「まあ、そうだよね。きみにも都合があるだろうし」

浜田教授はソファに背を預けて深く沈みこむと、探るような目になって続けた。「残念だな。僕の研究室で成果を上げてくれたら、アーサー・ワイルドの研究室にきみを推薦《すいせん》してあげるのに」

アキは、胸の前までコーヒーカップを持ち上げた姿勢のままで固まった。――今、なんて言った？

「アーサーとは長年の友人でね。彼に認められれば、時間はかかっても確実に南極に行けると思うよ。アーサーが南極に行くときのチームのメンバーはある程度固定されているみたいだけど、欠員が出る可能性だって十分にあるし。少なくとも、今のままデンマークで漫然と研究を続けているよりは、ずっと多くのチャンスがあるはずじゃないかな」

アキは言葉を失って黙りこんだ。浜田教授の言うように、アーサー・ワイルドの研究室に所属することは南極に行くための最短の道だ。彼のもとで働けるなら、この数年取り組んできた研究の成果を放棄することだって少しも惜しくないだろう。

「少し……考えさせてください」

その場ではそう答えたものの、アキは翌月にはデンマークの大学を退学し、借りていたアパートを引き払って日本へと飛んでいた。アキが選ぶのはいつだって、高給や名誉につながる道ではなく、自分の夢につながる道。それはすなわち、南極へとつながる道だ。

空港に着いたその足で研究室を訪ねたアキに、浜田教授は二人の科学者を紹介した。

ぼんやりした眼鏡の男は、麦野《むぎの》。でっぷりした眼鏡の男は、米原《よねはら》。麦と米のコンビなんてなんの冗談かと思ったが、二人とも浜田教授のもとですでに博士課程を取得済みのエリート研究者だ。

「みんなで協力して、メチロコカス・オパカスの研究を進めてね」

かくしてアキは、この二人とチームを組んでメチロコカス・オパカスの研究に取り組むことになったのだが——これがまた、見事に上手《うま》くいかなかった。

■

わくわく動物園　ウキウキふれあい広場近く　チューリップガーデン

花壇内　土　10g

顔合わせの日、米原に渡された採取記録《スクリーニング・ノート》には、クセのある浜田教授の筆跡でそう書かれていた。チューリップガーデン——ホテルのラウンジで聞いた通りの場所だ。

場所が動物園なのは、考えてみればまったく意外ではなかった。動物は体内にあらゆる微生物を棲《す》まわせているから、動物が集まる場所は必然的に微生物の数も多くなる。実際、旨味《うまみ》成分として知られるグルタミン酸を作るバクテリアは、上野《うえの》動物園の鳥小屋の下の土の中から発見されたのだ。

浜田教授の研究チームは、花壇の土壌から発見したメチロコカス・オパカスを単離して、メタンを油脂《ゆし》に変換する能力があることを突き止めた。しかし、メチロコカス・オパカスの数を増やし、安定して増殖させることはできなかった。

寒天培地と呼ばれる、シャーレの底に寒天を固めてそこで微生物を増殖させる培養法は、一度は成功した。しかし、寒天培地から液体培地へと移した途端、メチロコカス・オパカスは忽然《こつぜん》と消えてしまったのだ。しかも、どうやら寒天培地の上でも長くは生きられないらしく、結局当時採取したメチロコカス・オパカスは全滅してしまった。

微生物を大量に培養するためには、寒天培地だけでなく、液体培地で増殖させることが不可欠だ。研究チームはその後、何度もチューリップガーデンを訪れて土を採取したが、メチロコカス・オパカスを再び採取することはできないまま今に至っているという。

「去年は、浜田教授がぎっくり腰になったり研究室内で麻疹《はしか》が流行《はや》ったりと、いろいろあってね」

米原は悪びれもせずに言って、肩をすくめた。「でも、今年は教授もやる気になってるみたいだし、今度こそメチロコカス・オパカスの採取に成功したい。アキ、一緒に頑張ろう」

「ええ。採取だけでなく培養も、必ず成功させましょう」

アキは力強く答え、米原や麦野と握手を交わしたが、内心は不安で仕方なかった。ごちゃごちゃ言い訳をしていたが、要は彼らは、この二年間なにもしていなかったのだ。この二人と一緒で、この先、大丈夫だろうか――

アキの不安は的中した。米原の製作した研究計画書はひどい出来だったのだ。採取予定地は動物園内にあるチューリップガーデンのみで、しかも園の許可を取らず勝手に入るつもりでいるらしい。

「あの……チューリップガーデン内の土はもう何度も採取して、空振りだったんですよね？」

アキはやんわりと指摘した。「もっと別の場所……例えば、園内の動物からサンプルを採るわけにはいかないんですか？」

「そこまでやるなら、動物園からの許可を取る必要があるんだよ」

「取ればいいじゃないですか」

アキがあっさりと言うと、米原は露骨に面倒くさそうな顔をした。

「……多分無理だ。以前、採取に協力してもらえないかメールで連絡をしたことがあるが、返信がなかった」

「返信の催促は入れましたか？　実験の趣旨や目的を説明して意義を理解してもらえれば、協力してもらえるかもしれません。せめて、チューリップガーデンの近くに檻《おり》がある四頭――アルパカ、カピバラ、ホッキョクグマ、アザラシだけでも、生体サンプルを採りましょう」

「なんだよ。お前が仕切るのか？」

「チームの一員として、意見を述べているだけです」

丁寧に言ったつもりだが、米原の目つきには敵意が混じった。いかにも研究者肌のこの男は、他人との折衝にあたるのが苦手なのだ。麦野も同様のようで、細い身体《からだ》を縮こめて押し黙っている。

「そこまでする必要はないよ」

　重苦しい沈黙のあと、米原はボソリと言った。「生体からサンプルを採るには金がかかる。それで成果がなかったら、教授がいい顔しないぞ。それに、微生物は思ってもみなかった場所から採取されるんだ。こうだからこうに違いないって理屈で考えて探そうとすると、かえって空振るぜ」

「……俺も反対だな」

　それまで黙っていた麦野も、もごもごと米原に同意した。「手間がかかりすぎるよ……動物ごとに飼育員が違うから檻ごとに交渉しなきゃいけないし。そんな時間ある？　来週には、研究奨励金の面談も始まるし」

「そうだよ。アキ、お前だって受けるんだろ？　提出論文はもう出したのか？」

「え……出しましたけど」

　思わず素で答え、アキはきょとんとして、米原と麦野の顔を見つめた。――むしろ、なんで終わってないんだ？　面談の日程が発表されたのは先月じゃないか。

「悪かったな、仕事が遅くて」

　米原ににらみつけられ、アキははっとした。さすがに、今の言い草は失礼だったかもしれない。慌《あわ》てて「あ、いや……」と取りなそうとするが、手遅れだった。

「もーいいや。どうせ三人で協力したって、アーサー・ワイルドの研究チームに加われるのは一人だし。俺は勝手にやらせてもらうよ」

吐き捨てるように言って、米原は部屋を出て行ってしまった。

翌日、麦野からも一人でやりたいと申し出があり、結局アキは単独で実地に向かうことになってしまった。先輩の目を気にせず好きにやれるようになったのはありがたいが、限られた時間で少しでも多くのサンプルを採取するには、どうしても人手がいる。

仕方なく、研究者向けポータルサイトに『スクリーニング調査のアシスタント』の募集を出し、一番に応募してきた院生の大石《おおいし》梨花《りか》をアシスタントとして雇うことにしたのだった。

■

大石梨花は、帝都大学の微生物学科に所属する大学院生で、ゲノム解析を専門に学んでいる。ちょうど実地におけるスクリーニングの経験を積みたいと思っていたところ、ポータルサイトで「スクリーニングアシスタント募集　学部・男女問わず」の告知を見つけ、即エントリーした。応募からわずかに十分後には電話がかかってきて、都内にある動物園で行われる微生物採取調査《スクリーニング》に参加することになった。

何も知らずに待ち合わせ場所に赴いたら、直視したら目玉が吹き飛びそうなほど完璧なイケメンが待っていたのでたいそう驚いたが、いつまでも見惚《みと》れているわけにはいかない。アキに指示されるがままウキウキふれあい広場のアルパカを追いかけまわし、そして今、二人は次のターゲットであるカピバラの柵へとやってきた。

相手がアルパカからカピバラに変わっても、やることは同じ。唾液《だえき》と糞の採取だ。

「お、フレッシュ発見」

尻からぽろぽろと丸い糞をこぼしているカピバラを見つけ、梨花は忍び足で近づいた。コンクリートの上に散らばった糞を、つぶさないよう、そっとトングで摑《つか》み取る。カピバラの糞は、アルパカに比べて小さく、すぐに乾燥してしまうので、湿ったままのものを採取するのはなかなか大変だ。

アキはさっきから、スポイト片手にカピバラと格闘しているようだった。なんとか口を開けさせようと、背中を撫《な》でまわしたり、餌《えさ》に見立てた草の切れ端で口元をくすぐってみたりしているが、カピバラは一向に口を開けない。

「なんだか眠そうだね。寝ていいよ。きみが眠るまで、撫でていてあげるから。ね」

甘ったるい言い草で、カピバラを懐柔しようとしている。一体どんな表情でカピバラを撫でまわしているのか気になったが、太陽と逆光になっているのでシルエットしかわからない。ただ、輪郭《りんかく》だけでもアキは相変わらず美人だった。

ついぼんやりと見惚れていると、アキがふいに顔を向けた。思わずドキンとして、つい目を逸《そ》らしてしまう。あからさまに怪しい態度を取る梨花に気を悪くした様子も見せず、アキは柔らかく微笑《ほほえ》んで言った。

「君を雇ったのは正解だったな」

「……え？」

梨花はきょとんとして、糞のついたトングで自分のほうを指した。「私ですか？」

「あぁ。やっぱり生体からサンプルを採取すると厳選に時間がかかる。君がいてくれてよかったよ」

「いえ、仕事ですから」

ぶっきらぼうに言って、梨花はトングで地面をいじった。急にそんなことを言われたら、どうしていいかわからない。しばらく地面に字を書いてから、言い方が失礼だったかなと心配になってきて、「それにしても」と話をつなげた。

「チームメイトに恵まれなかったのは残念でしたね。スクリーニングは力作業というか、物量勝負みたいなところがありますから、一人でやるのはきついですよ」

「ああ、まあ仕方ないよ。なにしろ、アーサー・ワイルドの研究チームへの推薦がかかってるんだから」

「アーサー・ワイルドって、ちょっと前にすごいバクテリアを見つけた人でしたっけ」

「五年前だよ。南極探査任務中に、永久凍土の中から炭素を固定するバクテリアを見つけた」

「炭素……あぁ、だから『地球温暖化の救世主』って言われてるんでしたね」

炭素は酸素と結びついて二酸化炭素となり、大気中に放出されて地球を暖める。アキの探すメチロコカス・オパカスが変換する〈メタンガス〉が地球温暖化の原因物質の第二位なら、〈二酸化炭素〉は第一位だ。アーサー・ワイルドが発見したのは、その二酸化炭素を固定してくれるバクテリアだった。これまでにもラン藻《そう》類やボトリオコッカスなど二酸化炭素を固定する微生物の存在は確認されていたが、いずれも効率が悪くコストがネックとなっていた。アーサー・ワイルドの発見したバクテリアは、これらの微生物をはるかにしのぐ効率で二酸化炭素を固定することができるといわれている。

「地球温暖化問題は……一世紀近くも警鐘《けいしょう》を鳴らされ続けながらも、有効な対策をほとんど取られずに放置されてきた。アーサー・ワイルドの発見は、その問題に終止符を打つ可能性を秘めてるんだよ。メチロコカス・オパカス以上にね」

自分のことのように誇らしげに語りながらも、アキはずっとカピバラの背を撫で続けている。骨ばってごつごつした指は、いかにも男の人の手という感じだ。カピバラは丸っこい身体をアキに預けて完全にリラックスしているようだったが、しばらくすると、もきゅるる～、と鳴き声を漏《も》らした。喉《のど》の中でゴムの鈴でも転がしているような不思議な音だ。アキがすかさず干し草を口元に近づけると、先端から少しずつかじり始めた。

「よーし、いい子だ……おいしいな。ゆっくり食べような」

優しく囁《ささや》きかけながら、アキはスポイトを手に取った。干し草に紛れさせて、口の中へとさりげなく差し込む。カピバラはスポイトに気づいた様子もなく、もくもくと草をはみ続けている。

たっぷり十秒ほどスポイトを噛《か》み続けてから、ようやく何かがおかしいことに気がついて、おもむろにぺっと吐き出した。

「採れましたね」

「うん」

スポイトの中には、カピバラの唾液がとろりと溜まっている。

カピバラとアルパカの生体サンプル採取はなんとかなったが、ホッキョクグマとアザラシはさすがに素人が採ることはできないので、事前に動物園に連絡を入れて用意をしてもらうことになっていた。それぞれ管轄《かんかつ》の飼育員が違うため、ホッキョクグマは園内の北側にある事務所へ、アザラシは南側にある研究施設へと出向いて受け取ることになっている。

受け渡し場所が離れているので、二手に分かれることにした。梨花はホッキョクグマの担当だ。受付を訪ねて帝都大の学生だと告げると、梨花と同い年くらいの女性スタッフが対応に出てきた。

「あれ、アキさんは……?」

「彼は研究棟のほうを訪ねてまして。私が代理で受け取りに来ました」

「そうですか……」

女性スタッフがあからさまに肩を落としたので、梨花は内心であーあとため息をついた。きっとこの人、アキ先輩に会えるのを楽しみにしてたんだろうなぁ。

「じゃあ、頼まれていたサンプルを持ってきますんで、ちょっと待っててください」

女性スタッフは一度奥へと引っ込むと、動物園のロゴが入った紙袋を提げて戻ってきた。中には生体サンプル入りの密閉容器がぎっしりと並んでいる。アキが依頼したよりもずいぶん多く集めてくれたらしい。

まったくイケメンは得だ。黙っていても周りが協力してくれる。

いいなあ、アキ先輩は。人生イージーモードなんだろうなあ。

「こんなにたくさん、ありがとうございます」

頭を下げてお礼を言うと、女性スタッフはぶんぶんと両手を振った。

「いいえ、お礼を言わなきゃいけないのは私たちのほうです。アキさんには、本当に助けられたので！」

「え？」

助けられた？　何が？

「なにかお手伝いでもしたんでしょうか？」

梨花が聞くと、女性スタッフは近くの棚の上に置いてあった封筒を手に取った。エアメールのラベルが貼られ、宛名にはどこか外国の住所が書かれている。

「実は、この書類の翻訳をお願いしちゃったんです」

そう言って、封筒の中に入っていた書類を取り出す。全部で五十ページほどあるだろうか。ちょっとした冊子くらいの厚みだ。

「うちにいるホッキョクグマがもうすぐ繁殖可能年齢に達するのでデンマークの動物園から歳《とし》の近いメスを借りることになってるんですけど、手続きを頼んでいた翻訳スタッフが風邪で休んじゃってて。代わりの人も見つからなくて、困ってたんですよ。ほら、専門書類の翻訳を、しかもデンマーク語でできる人なんて、なかなか見つからないじゃないですか」

「あぁ、それでアキ先輩が」

「そうなんです」

女性スタッフはうれしそうにうなずいた。「先週アキさんがここにいらしたとき、デンマークの大学に留学してたって伺ったので……誰かデンマーク語の翻訳ができる人に心当たりがないかって聞いてみたら、僕がやりますよって言ってくれたんです。こんなにたくさん一日でやってくれて、本当に助かりました！」

「そうだったんですか……」

梨花は、書類の厚みを改めて眺めた。

アキが米原と麦野のチームを離れたのは、ほんの一週間前のことだと聞いている。それから今日までの短い間に、大学に研究計画書を提出して、動物園に足を運んでサンプル提供の依頼をして、奨学金の面接を終え、さらに研究の準備も進めながら、あんな分厚い書類の翻訳までしていたのか。

「うちの動物園、あまり外部団体の研究調査には協力的ではないんですが……今回ばかりは全力でお手伝いしようって、飼育員総出で頑張ったんです！」

誇らしげに言うと、女性スタッフは少しはにかんで付け足した。「あの、アキさんにも、どうかよろしくお伝えください」

サンプルの入った紙袋を提《さ》げてチューリップガーデンに戻ると、アキは何やら花壇の前でしゃがみこんでいた。土壌の表面を手にすくい、しげしげと観察している。

もうその場所は何度も調べたはずなのに。この人はどこまで研究熱心なんだろう。

「……その土も、少し採りましょうか？」

声をかけると、首だけこちらに向けて「うん」とうなずいた。

「一応、もう一回調べておこう。あと、これも」

アキはすくった土を花壇の中に戻して立ち上がると、傍《かたわ》らに置いてあった紙袋を梨花に差し出した。中には、ギフトショップで売られていたお土産《みやげ》物が入っている。ぬいぐるみや、ポストカード、ボールペン、キーホルダー。

「入り口の近くに並べられていた商品をいくつか買っておいたんだ。もしかしたら、何か付着してるかもしれない」

多分、自腹だろう。新米研究者に分与される予算はいつだってカツカツだ。

……地道に努力した結果なんだから、もっと『頑張ってますアピール』すればいいのに。

梨花は瞬《まばた》きしてアキの顔を見つめた。

人生イージーモードなんて、とんでもない。この人が人前で輝いているのは、見えない場所で誰よりも頑張っているからだ。

「……なんでもサラッとやってるように見えるから、嫉妬《しっと》されるんですよ」

口の中でつぶやくと、アキが「え?」と顔を向けた。

「なんでもありません。これで、サンプルは全部そろいましたね」

「ああ、ここからが本番だ」

アキは紙袋を二つまとめてひょいっと肩にかついだ。

アキの言う通り、大変なのはこれからだ。今日手に入れたサンプルを片っ端から調べて、いるかどうかもわからないメチロコカス・オパカスを探し回らないといけないのだから。

2

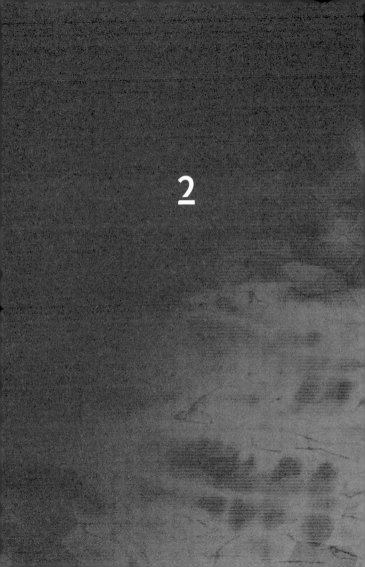

採取したサンプルの表面や内部には、ありとあらゆる種類の微生物が無数に潜《ひそ》んでいる。その中からメチロコカス・オパカスを見つけ出すために必要なのが、遺伝子分析。採取サンプルの中にメチロコカス・オパカスの塩基配列情報が含まれていないか、データベースと照合して確認する作業だ。

遺伝子解析にはより専門的な技術が必要になるため、外部の研究室や専門機関に依頼をする。DNA分析にかけるサンプルが多ければ多いほどメチロコカス・オパカスを発見できる可能性が高まるので、アキは毎日のように動物園に通っては、新たなサンプルを入手して検査に送りだす準備をしていた。

「うわー……すごい数」

アキを手伝いに研究室を訪れるたび、梨花《りか》は増えていくシャーレの数に圧倒されていた。

DNA分析には費用がかかるため、サンプルからメチロコカス・オパカスの疑いがある細菌を培養《ばいよう》して、可能性の高いものだけを厳選して送り出すのだ。

微生物を安定して育てるためには、その微生物が好む環境を整えてやらなければならない。寒天培地の上でなら、短期間ながらメチロコカス・オパカスが増殖することは、すでに浜田《はまだ》教授が確認済みだ。

アキは、ひたすらメチロコカス・オパカスの培養に取り組んだ。まずシャーレの底で寒天を固めて培地を作る。そして、その上にサンプルをといた水を撒《ま》き、くるくるとシャーレ全体にひきのばしてから、メタンガスを封入した容器の中へと入れる。三日後にもしもメタンガスが変換された痕跡《こんせき》が出れば、そのシャーレの中にはメチロコカス・オパカスがいる可能性が高いから、DNA分析へと送り出す。

寒天培地を作るのにもサンプルを撒くのにも時間がかかるが、何より〝メタンガスが変換された痕跡〟を見つける作業に骨が折れた。メタンガスを油脂《ゆし》に変換したメチロコカス・オパカスのコロニーはほんのりとした赤色に変化することが確認されているので、それを頼りに探すのだが、残念ながら色の変化したコロニーがすべてメチロコカス・オパカスだとは限らない。

少しでも赤く変色したコロニーはすべて検査に送り出したが、専門機関から通知される検査結果は空振りが続いた。数カ月が過ぎても成果は得られないまま、時間と予算ばかりじりじりと減っていく。焦るアキに追い打ちをかけるように、浜田教授から突然、不穏なメールが届いた。

〈今すぐ僕の研究室へ来てくれるかな。

メチロコカス・オパカスの研究について、伝えたいことがある〉

まさか——米原か麦野が、何か成果を出したのか？

ライバルに先を越されれば、南極への道が遠のいてしまう。アキは白衣を脱ぎ捨てて研究室を飛び出した。内履《ば》きのままキャンパスを突っ切って走り、研究棟の階段を三段飛ばしに駆け上がって、最上階にある浜田教授の研究室へと飛び込んだら、若い男が教授愛用のアーロンチェアにふんぞりかえってスマホをいじっていた。

誰だ、コイツ。

「アキ」

横から呼ばれて顔を向けると、浜田教授が本棚に寄りかかるようにして立っている。

「急に呼んでごめんね。研究で忙しくしてたかな」

「あ、いえ」

そんなことより、若い男が何者なのか気になった。腰が悪いはずの浜田教授がわざわざ立っているのは、もしかしてこの男が椅子《いす》を占領しているからでしょうか。

説明を求めるアキの視線を鷹揚《おうよう》にかわし、浜田教授はのんびりと言った。

「米原や麦野とは、上手《うま》くいかなかったみたいだね」

「……すみませんでした。新参者が、和を乱して」

「構わないよ。成果を出してくれればなんでもいい。メチロコカス・オパカスのほうは、進捗《しんちょく》どうなのかな。進んでる？」

アキは慎重に説明した。今のところ成果はないが、研究は計画通りに進んでいるということ。米原と麦野がやっていたことより一歩踏み込んだ採取を行っていることも、露骨でない程度にアピールした。実地での採取を積極的に続けていくつもりだということも。

浜田教授は「ふむ」とうなずくと、例の若い男のほうへと視線を向けた。

「スクリーニングには人手がいるだろう。僕の息子を連れていくといい」

「……はい？」

アキは、教授の視線の先を、二度たどった。

浜田教授の息子？　スマホゲームに夢中の、このだらしのない男が？

「こいつもこれで一応、きみの同級生だ。体力はあり余ってるし、使えないことはないと思うよ」

「あ、いえ、でも……人手を募集するなら僕のほうでやりますので……」

「ねえー、もしかして俺の話してる？」

話題の張本人が、ようやくスマホから顔を上げた。ゲームに夢中で話を聞いていなかったらしい。

「してる」

短く答えると、浜田教授はじろっと男のほうをにらんだ。「お前、どうせ暇だろう。アキの採取を手伝ってやれ」

「いいけど。いつまで？」

「終わるまでだ」

「はーい」

なんだかよくわからないうちに話がついてしまった。男がだるそうにアキのほうへ歩いてくる。寝ぐせだかなんだかわからないが、髪もボサボサだ。こんな格好で大学に来るなんて、まったく親の顔が見てみたい。……いや、隣にいるけど。

「よろしく」

愛想もなく言われ、アキはぎこちなくうなずいた。

浜田芳樹《よしき》。

それが、得体のしれない男の名前だった。尊敬していた浜田教授が、まさかこんなに露骨な身内びいきをする人だったとは。

「ねえ、あんた、米原や麦野と上手くいかなかったんでしょ。なんで？」

空き教室に入り長机をはさんで向かいあったところで、芳樹がいきなり聞いた。これから研究内容について説明しようというタイミングで、聞くことがそれか。

「どうだっていいだろう。それよりきみの専攻は？」

「ブレーズ・パスカル」

そんな微生物は聞いたことがない。訝《いぶか》しがるアキの表情を見て、芳樹は「フランスの哲学者」と付け加えた。哲学者——

「……文系なのか？」

「親父から聞いてねーの？」

「いや、同級生としか……」

「同級生だよ。俺も帝都大で博士課程中だもん」

いくらなんでも専門が違いすぎるだろう。

アキはいよいよ頭を掻《か》きむしりたい衝動にかられた。哲学専攻の学生が、微生物採取で一体何の役に立つっていうんだ。

「文系で博士課程まで来たって、就職ねーし」

芳樹は小さく肩をすくめた。「親父にいいとこ紹介してもらいたいんだけど、あいつがコネあるのってやっぱ微生物関係だろ？　農研とか、ＮＩＭとかさ。事務か営業職なら文系でも働けるらしいんだけど、さすがにこの分野での実績ゼロじゃ紹介しづらいって言われてさー」

ＮＩＭとはまた大きく出た。国内最高峰の、微生物学研究組織だ。

「なるほど。それで、微生物分野での実績作りのために僕のチームに突っ込まれたってわけか」

「そ。あんたが上手いこと成果出してくれりゃあ、俺はＮＩＭのゆるい事務職について一生安泰ってわけ」

いいご身分だな。

アキの冷めた視線は嫌というほど突き刺さっているだろうに、芳樹は悪びれもせずヘラヘラ笑っている。

「昔っから親父のスクリーニング手伝わされてたから、基本は知ってる。メチロなんとかって微生物を採りたいんだろ。俺、いつでも動けるぜ」

「……まだ採取したサンプルからのスクリーニング結果をより詳しく解析している途中だ。手伝ってもらうとすれば、次回の採取からになると思う。予定が立ったら連絡するよ」

「はーい」

メッセージアプリでお互いのアカウントを交換すると、芳樹は「じゃ」とカバンを摑《つか》んで椅子から立ち上がった。そのまま部屋を出ていこうとして、ふと振り返る。

「あ、てかさ、連絡くれるならラインよりＤＭのほうがやりやすいんだけど。あんたインスタやってないの？」

「やってない」


なんなんだ、あいつ。

研究棟の廊下を歩きながら、アキは、先行きに一抹《いちまつ》の不安を感じていた。スクリーニングの経験はあると言っていたが、一体どこまで役に立ってくれるかわからない。あてにはしないほうがいいだろう。

まったく、とんだお荷物を押しつけられてしまった。

渋面《じゅうめん》で研究室に戻ると、梨花が待ち構えていた。

「アキ先輩、さっき研究室に電話がありました。メチロコカス・オパカスの反応が出たって」

「ほんとか⁉」

イライラが一気に頭から消え失せた。

とうとう見つかったのか。やはり、手間をかけてでも生体からサンプルを採取したのは正解だった。梨花から差し出されたメールのプリントアウトに目を通すと、そこには確かに、17番のサンプルからメチロコカス・オパカスが検出されたとの報告がされていた。

「17番のサンプルか……」

「今、確認してます」

梨花が、パソコンに表示されたエクセルシートをスクロールする。

アキはすでに三百を超えるサンプルを送っているから、17番は、かなり若い番号だ。もしかしたら初日に採取したものかもしれない。メチロコカス・オパカスは、一体どの動物から出たのだろうか。ホッキョクグマ？　それともアザラシか？

「あの、アキ先輩……17番なんですけど」

梨花が、おずおずとパソコンから視線を上げた。「ポストカードです。ギフトショップで買った」

「え、ポストカード？」

アキは思わず語尾を上げた。自分で調査を頼んでおいてなんだが、まさかそんなものから採取できるとは。

「……製造過程で混入したとは考えにくいな。どこかから風に乗って付着したのかもしれない」

「その可能性は低いと思います。外袋ではなくポストカード自体から検出されたそうなので。おそらく殺菌処理が甘くて、素材に混合していた菌が生き延びたんじゃないでしょうか」

梨花はサンプルリストを再び確認しながら言った。「あのポストカード、ゾウの糞《ふん》を再利用して作られたものでしたから」


研究棟の階段を駆け上がり再び浜田教授の研究室へと向かっていたアキは、踊り場を曲がったところで芳樹と出くわして、つんのめるように立ち止まった。

「つぶね！　どしたよ、そんなに急いで。親父ならさっき帰ったぞ」

「芳樹、パスポートは持ってるな？」

「持ってるけど、それが何」

不可解そうな芳樹に、アキは早口に説明した。

「メチロコカス・オパカスの反応が出たんだ。でも、サンプルがまだまだ足りない。採りに行かないと」

「行くってどこにだよ」

「南極よりだいぶ近い」

米原の言ったことは、一つだけ正しかった。微生物は時に、思ってもみなかった場所から見つかるものだ。

アキは、一枚のポストカードを芳樹に差し出した。一般的なハガキより一回りほど大きなサイズで、濃い緑色で染められている。動物園で大量に買い込んだポストカードの、最後の一枚だ。

外袋には、〝This postcard is made of elephant's poo!（このポストカードはゾウの糞から作られました）〟という英語の文章が印字されている。文章の下には、親子らしきゾウが二頭、バナナを房からもいで食べているイラストが描かれている。さらにその下には、カードの生産国が、小さく小さく印字されていた。

——MADE IN THAILAND《メイド・イン・タイランド》と。

3

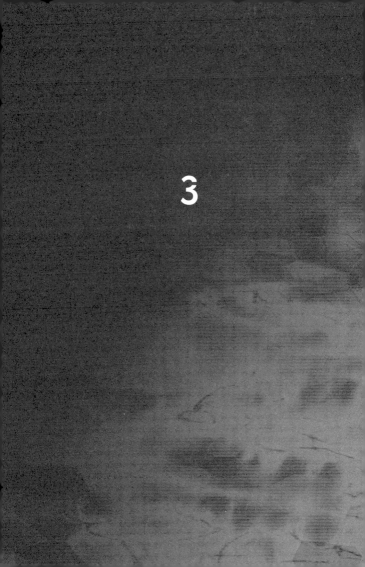

なまぬるく湿った風が、狭い市場《タラート》に溜まった熱気をかきまぜていく。

午後八時の屋外食堂は、ほとんど満席だった。

テーブルとテーブルの間の狭い隙間《すきま》を引っきりなしに行きかうのは、店を手伝って皿を運ぶ子供たち。地面に直《じか》で置いたテーブルはがたがたと揺れやすく、ビール瓶《びん》が倒れるのは日常茶飯事だ。零《こぼ》れたビールはまず袖《そで》に吸わせ、その袖を自分が吸う。落とした肉は、犬にやる。

屋台の店先にずらりと並ぶのは、カオソイやグリーンカレー、トムヤムクンスープ、そしてワニの串焼き――タイの料理の味付けには二択しかない。すごく辛いか、すごく甘いか。

ビールとつまみがそろったところで、緑色のビール瓶が三つ、テーブルの真ん中でカチンと打ち鳴らされた。

「チョンゲオ!」

空港の広告で覚えたばかりのタイ語で乾杯して、アキはぐびりとビールを飲みほした。ずっしりとした麦の香りが、喉《のど》の内側を流れ落ちていく。

熱帯のうだるような気候の中、キンキンに冷えたビールなんて飲んで、美味《うま》くないわけがない。思わず天を仰げば、藍染《あいぞ》めのような薄闇《うすやみ》の空に赤い小さな光が散らばって、夜間飛行の航空機に高層ビルの場所を教えていた。

正面に座る芳樹《よしき》と梨花《りか》は仲良く肩を並べて、屋台で買ったウィスキーのラベルをのぞきこんでいる。

「なんか心配になるくらい安っぽい作りですね。このラベル、多分家庭用プリンターで印刷してますよ」

「なぜか日本語も書いてあるな。すげえ怪しい文章だけど。自動翻訳《ほんやく》にかけたやつ、そのまんまコピペしたんじゃね」

「〝このウイスキは最上の酒母《しゅぼ》を奉納する、完璧な〟……うーん。意味不明」

芳樹がチームに加わることを知った梨花は「文系に何ができるんですか」とあからさまに嫌がっていたが、行きの飛行機の席を隣同士にして六時間ほど放置してみたところあっさり打ち解けていたのでほっとした。タイに滞在する二週間、三人は朝から晩まで一緒に過ごすことになる。芳樹は正直、戦力としてはまったく期待していないが、人間関係は良好なほうがいい。

メチロコカス・オパカスが見つかったポストカードの輸入元に問い合わせたところ、ポストカードはすべて、バンコク郊外にあるウォンプアハン・エレファントキャンプで作られたものだった。大量のメチロコカス・オパカスを得たければ、現地に行ってポストカードの原料となったゾウの糞《ふん》を調査するのが一番早い。そのために、アキは梨花や芳樹とともに、はるばるタイへとやってきたのだ。

海外まで来ておいて、成果ゼロでは帰れない。なんとしてでも、この地でメチロコカス・オパカスを採取しなければ——

「なー、アキ」

ウィスキーのラベルを眺めていた芳樹が、ふいに顔を上げた。「この酒の製造元、ウォンプアハン・リカーって書いてあるけど。俺たちが行くエレファントキャンプもそんな名前じゃなかったか？」

「経営者のウォンプアハンは、タイでは有名な実業家なんだ。スーパーマーケットの経営で成した財をもとに、いろいろ手広くやってるって聞いたな。ゾウの保護施設の経営は、慈善事業の一環としてやってるらしい」

ウォンプアハン・エレファントキャンプは、タイの首都バンコクの郊外にある。怪我や病気などで自然に帰れなくなったゾウたちの保護活動を行う非営利団体だ。ゾウの糞に含まれる微生物の調査をしたい、とアキが問い合わせのメールを送ると、快《こころよ》く承諾してくれた。そればかりか、施設内にある研究のための設備も使わせてくれるという。

「それなりにデカい会社が作ってるわりに、商品は結構適当だな。このラベルの日本語、怪しすぎだろ」

あきれたように言って、芳樹はラベルをなぞった。「てか、酒母なんて日本語ねーし」

「ある」

アキが即座に指摘すると、芳樹は「あ、そうなの？」と眉を上げた。

「酒造りに必要な微生物を純粋培養したものを『酒母』と呼ぶんだ。『酒母を奉納する』って日本語は完全に意味不明だが、『酒母』という言葉自体はあながちウィスキーに無縁でもない。主に日本酒造りにおいて使われる用語だけどな」

「ふーん。お前、そんなことまで知ってんのかよ」

どうでもよさそうに言うと、芳樹は皿の上の炒《い》り豆を口の中へ放り込んだ。「そういや酒って微生物が作るんだっけ。微生物学科の奴らって発酵《はっこう》食品のことも詳しいの？」

「僕の実家は酒蔵なんだ。日本酒を造ってる」

アキが言うと、芳樹と梨花は「へー」と声をそろえた。

「じゃあ、昔から微生物は身近な存在だったんですね。酒蔵の子って、やっぱりお酒造りのお手伝いとかさせられるんですか？」

アキは「いや」と苦笑いして、ビール瓶に浮いた水滴を撫《な》でた。

「蔵は危険な場所だから、子供のころは入れてもらえなかった。会社は兄が継いだし、酒蔵に入ったことは結局一度もないな。でも家の中には微生物に関する本がたくさん置いてあって、いつも読んでたよ」

「秀才だねえ。うちにも親父の微生物の本がたくさん置いてあったけど、俺は一度も読んだことねーわ」

アキは泰風拉麺《バーミー》の汁を蓮華《れんげ》ですくった。黄色く透けたスープは鶏《とり》のダシが効いてほのかに甘く、腹の中にゆっくりと染み渡っていく。

本当は、一度だけ、酒蔵の中に入ったことがある。早朝にこっそり寝床を抜け、雪明かりの滲《にじ》む庭を突っ切って、誰もいない酒蔵へと忍び込んだ。発酵中のタンクをどうしても見てみたかったのだ。初めて入った酒蔵の中は、生き物の気配でいっぱいだった。古い柱や梁《はり》の上で蔵付きの酵母《こうぼ》たちがコロニーを作り、とろりとした乳白色の醪《もろみ》の中では何千億もの微生物が幾度も呼吸を繰り返す――酒は微生物の力を借りて作るのだ。

「お、見ろよ。ゾウが暴れる事故があったみたいだぜ」

蒸し芋《いも》を包んでいた新聞紙を広げ、芳樹がしわくちゃになった一面記事を指さした。見れば確かに、ゾウが人を踏みつぶしている現場写真が掲載されている。使うか、普通。一面にこんな写真を。

「嫌なニュース見せないでくださいよ。これからゾウがたくさんいる場所へ行くのに、怖くなっちゃうじゃないですか」

梨花は顔をしかめながら、皿の上に残っていた干し肉を、箸《はし》でつまんで口の中に放り込んだ。繊細なセリフのわりに、食欲は旺盛《おうせい》らしい。しばらく噛《か》んでから、舌の裏まで染みわたる肉汁の味に首をかしげた。

「これ、何の肉ですか？」

「「さあ」」

■

翌日、一行は朝早くホテルを発ち、渓谷《けいこく》を見下ろす山の中腹にあるウォンプアハン・エレファントキャンプへと向かった。バンコク中心部からは、車でおよそ一時間。高層ビルや高架道路はきれいに消え失せて、辺りには見渡す限りの熱帯森林が鬱蒼《うっそう》と生い茂るばかりになった。

エレファントキャンプの敷地内は木の柵で囲まれ、がっちりと閉じた門扉《もんぴ》の向こうには、小さなプレハブの建物が見える。

「なんか、人の気配がないですね……」

梨花がつぶやいた途端、遠くでゾウの鳴き声がした。人の気配はしないが、少なくともゾウはいるらしい。

アキはしゃがみこみ、足元の土を指でこすった。火山岩由来の赤土は皮膚《ひふ》になじまず、指先に付着したそばからさらさらと零れていく。酸素をよく含んだ、いい土壌だ。

「土見てニヤニヤしてんなよ、リーダー」

と、芳樹に気味悪そうに突っ込まれてしまったが、アキは期待に胸を膨らませていた。素晴らしい微生物と出会えそうな予感がする。

門扉に備えられたインターフォンを押すと、男の声がカタコトの英語で応対した。

「アキ・コバヤシか。ウォンプアハン園長から話は聞いてる。事務室まで来てくれ。門から見える建物がそうだ」

そう言うなり一方的に切られ、同時に門扉が自動で開いた。こんな山の中にあるわりに、設備はなかなか整っているらしい。

招かれるまま事務所の中へと足を踏み入れて、三人は唖然《あぜん》とした。室内は、プレハブ造りの外観からは想像もつかないほど豪華だったのだ。ふかふかの赤い絨毯《じゅうたん》に、どっしりとしたオーク材のカウンター。部屋の隅《すみ》には鹿のはく製が飾られ、天井にはガラスのシャンデリアが輝いている。

「エレファントキャンプって、もうかるのか？」

鹿のツノを無遠慮に撫でながら、芳樹がつぶやいた。

「HP《ホームページ》には非営利組織って書いてありましたよ。ウォンプアハンが私財で建てたんじゃないですか」

「……まぁ、資金が潤沢《じゅんたく》なのはいいことじゃないか。研究設備にも期待できそうだ」

話していると玄関のドアが開き、よく日に焼けた丸顔の男が入ってきた。Tシャツに短パン、ビーチサンダルというラフな格好で、藁《わら》を編んだ帽子をかぶり、腰には藍染めらしい布を巻いている。

「お前たち、ついてこい」

熱帯雨林に囲まれた獣道《けものみち》を歩き、敷地をさらに奥へと進むと、木造の巨大な平屋が現れた。二トントラックが数十台も収容できそうな大きさだ。

男に続いて平屋の中に入ろうとして、梨花は出会い頭にぶつかってしまった。ゾウと。

「わ、すごい……！」

よろけた身体《からだ》をアキに支えられた姿勢のまま、梨花は感嘆を漏《も》らした。

本物のゾウだ。背に象使い《マハウト》を乗せている。すれ違いざまに鼻先を持ち上げて、アキたちの身体を軽く嗅《か》ぎ、フーッと鼻息を吐きかけながら去っていった。すごい貫禄だ。

本物のゾウをこんなに近くで見たのは初めてで、梨花だけでなくアキも芳樹も、そろって口を開けて見入ってしまう。

「なにしてる、早く来い！」

男に怒鳴られ、三人はようやく視線をゾウから引きはがした。

巨大な平屋はどうやらゾウの家だったらしい。広い室内にはスチールパイプで仕切られた単房が並んでいて、それぞれの餌《えさ》箱の中には干し草が積みあがっている。ほとんどのゾウたちは外に連れ出されているようだったが、一頭だけ、鎖につながれたまま残っているのがいた。

「これがお前たちの担当のゾウだ」

ゾウの前まで来ると、男はアキたちの顔を見回した。「名前はプリチャ」

「担当？」

って、何の担当だ？

きょとんとするアキに向かって、男は早口に続けた。

「さっさとプリチャを散歩に連れていけ。ほかの連中はもう出発してるぞ」

ゾウを連れ出せということか。どうやら彼は、アキたちのことを象使い見習いか何かと勘違いしているらしい。

「すみません……あの、何か行き違いがあるようです。僕たちは、ゾウの飼育のお手伝いはできません。ここへは、研究のために来たので」

「研究？」

男はせせら笑った。「そんなこと聞いてないぞ。ウォンプアハンからは、お前たちにゾウの世話を手伝わせろと言われているだけだ」

「ですから、何かの手違いではないでしょうか。ウォンプアハンさんと直接話をさせてくれませんか」

「ここにはいないよ。あいつは本業で忙しいからな。ウォンプアハンがいない間は、俺がここのリーダーだ。ゾウの世話ができないって言うんなら、邪魔だからさっさと出て行ってもらう。ここはエレファントキャンプだからな」

無茶苦茶だ。

「あの、僕たちはゾウの飼育に関しては素人《しろうと》で……」

「ほら」

リーダーの男は、立てかけてあった竹の棒を手に取ると、アキの胸にぽんと押しつけた。

「言うことを聞かないときは、これで耳の裏を突いてやれ。遠慮せずやっていいぞ。ゾウの皮膚は硬いからな」

どこか楽しんでいるような口調だ。竹棒の先が槍《やり》のように鋭く削られているのを見て、梨花は「うわ……」と絶句した。こんなもので突かれたら、それこそゾウは怒りくるうのではないか。

アキは形のいい眉をひそめ、なおも言いつのった。

「もう一度、事務局に確認してくれませんか。確かに許可は下りているはずなんです」

「聞いとくよ。結果は同じだと思うがな」

男は面倒くさそうに言うと、話は終わりだとばかり象舎を出て行ってしまった。

……なんだか、妙なことになってしまった。

残されたアキたちは、プリチャという名のそのゾウと無言で向かいあった。こうして見上げてみれば、しみじみと巨大だ。鼻の先を曲げて干し草を掴《つか》み口もとへと運ぶ、という些細な動作すら、近くで見るとかなりの勢いがある。

昨日市場《タラート》で見かけた新聞記事を思い出し、アキは背筋が冷たくなった。こんな図体の相手が急に暴れだしたりしたら、丸腰の人間などひとたまりもないだろう。ゾウに触れたこともない素人が連れ出すのは、どう考えても危険だ。が――

「やるしかないのかな……」

力なくつぶやくと、梨花が隣で「え」とひしゃげた声を出した。

「つ、連れてくんですか？」

「それしかないと思う。さっきの男の態度、見ただろ。やらないと本当にここから追い出されかねないよ」

「でも、素人しかいないのに鎖を外したりして大丈夫ですかね。もし暴れたりしたら……」

梨花は、アキが手に持った竹槍をちらりと見た。「その槍で、突くんですか？」

「まさか。いくらゾウでも痛いに決まってるよ」

竹槍を象舎の壁に立てかけて、アキは改めてプリチャと向かいあった。これだけの巨体を解放するのだから、慎重にやらなくては。

プリチャは後ろ足に鉄の輪をつけられ、コンクリートの床に埋め込まれた金具と太い鎖でつながれている。足輪を外すには、丸太のような後ろ脚《あし》のそばに近づかなければならない。細心の注意を払わないと、軽く踏まれただけで骨が粉々になってしまいそうだ。

緊張するアキを後目《しりめ》に、芳樹がひょいと単房の仕切りをまたいだ。

「まず足輪を外してやんねえとな」

そう言って平然とプリチャの足もとにしゃがみこむのを見て、アキはぎょっとした。

——芳樹のやつ、怖くないのか？

「おい、気をつけろ！」

「大丈夫だろ。こいつら訓練されてるんだし」

見ているこっちがヒヤヒヤしてしまうが、芳樹はアキの警告などどこ吹く風で、鉄輪の留め具を引いた。ガシャン！　と音を立てて鎖が外れ落ちる。

「ほら、取れた。これで散歩に行けるぞ。早く動け」

芳樹に尻を叩かれ、こたえるように、プリチャはゆっくりと右足を前へ踏み出した。

「……歩いた」

アキはあっけにとられてつぶやいた。

巨体は餌箱を器用にまたぎ、一歩ずつ踏みしめながら出入り口のほうへ向かっていった。

アキは慎重に距離を取りながら後ろをついて歩いたが、芳樹が顔のすぐそばを平然と歩いているので悔しくなって前に出た。もし足を踏まれたら、鼻で薙《な》ぎ払われたらと考えると腰が引けそうになるが、プリチャはアキを気にするそぶりもなく、マイペースに歩き続けている。

「でかすぎ。スイカみたい……」

梨花は後ろをこわごわ歩きながら、プリチャの残す足跡に驚いている。

「芳樹、ありがとう。鉄輪を外してくれて」

アキは、プリチャの顔をはさんで反対側にいる芳樹に声をかけた。

「あー、別に。小さいころから親父のスクリーニング手伝わされてたから、こういうの慣れてるんだ。野生じゃねえんだし全然平気だよ」

頼もしすぎる。

「スクリーニングで重要なのは、大胆に行くことだ。いちいちビビってたら、いい微生物に会えねーぞ」

アキは、芳樹が蹴《け》った小石が転がっていくのを目で追った。

こんなやつ役に立つわけないと決めつけていたが、とんでもない。今のところ芳樹はアキよりもずっとチームの役に立っている。芳樹がいなければ、アキは今頃まだ象舎の中で立ちすくんでいたかもしれない。

プリチャはエレファントキャンプの敷地を出て、ゆるやかに傾斜した獣道へと入っていった。時折、忘れ物でも思い出したように立ち止まるが、じっと見守っているとまたすぐに歩き出す。

「どこへ行けばいいのか、ちゃんとわかってるみたいだな……」

アキはほっとした。このままプリチャが一人で歩き続けてくれたら、散歩は何とかなりそうだ。

と、思ったのだが、甘かった。

敷地を出て数十メートルも歩いたところで、斜面の途中に生えた草を食べ始めてしまったのだ。長い鼻で器用に巻き取っては、ぶちぶちと根元から引きちぎって口へ運ぶ。むさぼるように食べ続けてばかりで、まったく動こうとしない。

満腹になればまた歩きだすだろうかとしばらく待ってみるが、一向にその気配はなかった。

「だーっ、こんなペースじゃ終わんねえぞ！」

芳樹に後ろ脚をぐいぐい押されても、プリチャはびくともしない。ゾウの皮膚は数センチもの厚みがあるというから、少し押されたくらいでは痛くもかゆくもないのだろう。

そういえば、象舎の前で会ったマハウトたちはみんな、ゾウの背に乗っていたっけ。もしかしたら、上に乗ったほうが、言うことを聞くのかもしれない。

プリチャは前脚の付け根の部分が少しへこんでいるから、そこに足をかければ上にあがるのは難しくなさそうだ――プリチャが抵抗したり暴れたりしなければ、の話だが。慣れないことは、やめておいたほうがいいだろうか？

「背中に乗って指示出したほうがいいかもな」

芳樹が、アキが考えていたのと同じことをつぶやいた。彼ならきっと躊躇《ちゅうちょ》なくゾウの背中に飛び乗ってしまうだろう。

先を越されたくないので、アキは覚悟を決めた。なんでもかんでも芳樹任せで進めるのは癪《しゃく》だ。このチームのリーダーはアキだし、いい微生物に出会いたいと誰より願っているのもアキなのだから。

未知の事象相手にいちいちビビっていたら、いい微生物には出会えない。

アキは、プリチャの耳を摑んだ。前脚の付け根に足をかけ、ひらりと背の上に飛び乗る。突然の行動に驚いて、芳樹が「うおっ」と目を輝かせた。

「アキ、やるじゃん」

視界が広い。普段の目線の高さと全然違って、遠くまでよく見渡せた。ぐらぐら揺れて安定しないが、太ももでぎゅっと踏ん張っていれば何とか乗りこなせそうだ。

「ほら、プリチャ！　早く行くぞ！」

アキは前かがみになり、プリチャの広い額をさすって励ました。しかし、せっかく背中に乗ったというのに、プリチャの動きは変わらない。相変わらずマイペースに草を食べているだけだ。

あの男は、困ったら竹槍で耳の裏を突けと言っていた。おそらく、そこが一番、皮膚の薄い場所なのだろう。アキは右足のつまさきで、プリチャの耳の裏をそっと蹴ってみた。

反応がないのでもう一度、今度は心持ち強めに蹴ってみる。

するど、プリチャは木の枝に向かって伸ばしていた鼻を下ろし、おもむろに歩き始めた。

「やっぱり。耳の裏を蹴るとまっすぐ進むように訓練されてるんだ」

「すげえな、アキ。お前、象使いになれるんじゃねえ」

褒められてるのかよくわからないが、ともかく立ち止まっては進み立ち止まっては進みを繰り返し、一行はなんとか傾斜を下りきった。

行きついたのは、澄んだ水流がゆるゆると流れる沢だ。ここでプリチャを水浴びさせるのだろう。河原には水道が作りつけられていて、蛇口《じゃぐち》の先からホースが伸びている。

「これで洗うんですかね」

梨花が蛇口をひねり、ホースの先を引っ張ってきて勢いよくプリチャに水を浴びせた。

しかし、水圧を感じていないのか、プリチャは鼻をぷらぷらと揺らしたまま微動だにしない。

「あれ、なんかあんまり喜んでねえな」

「水浴びが好きじゃないのかもしれませんね」

アキは無言でプリチャの脇腹を撫でた。皮膚の表面には深い皺《しわ》が無数にある。そこに溜まった砂粒は、ホースの水をかけたくらいではほとんど落ちていなかった。ブラシか何かでこすってやればいいのだろうが、あいにく見当たらない。

布で拭いてみるか——と、アキが着ていたパーカーを脱ぎかけたとき、

「おい、ホースの水は使うな！」

と、怒鳴り声が飛んできた。

振り返ると、子供のゾウを連れた痩《や》せた青年が、目を三角にしてこちらをにらんでいる。おそらく彼も、エレファントキャンプのマハウトなのだろう。

青年はつかつかと寄ってきて、芳樹の手からホースを奪い取った。

「その水道は、溜め池から水を引いてるんだ。使っていいのは乾季の間だけ」

「じゃあ、どうやって洗うんだよ」

「そんなことも知らないのか」

じろりと芳樹をにらむと、青年はアキのほうを指さして言った。

「お前、川の中に入れ。そうすれば、プリチャがついてくる」

「なんでアキ先輩がそんなことしなきゃいけないんですか！　水着もないのに無理ですよ」

梨花が横から口を出すが、アキは躊躇なく靴を脱ぎ、ジーパンのままじゃぶじゃぶと川の中に入った。水温が低くて気持ちいい。

川の中ほどまで来て立ち止まり、プリチャのほうを振り返る。するとプリチャはおもむろに足を上げ、アキに続いてゆっくりと川の中に入っていった。

「おい！　お前たち二人も川に入って、プリチャの身体を洗え」

青年が、芳樹の肩を川のほうへ押しやって怒鳴る。

「え？　洗うって、どうやんだよ？」

「ブラシも持ってきてないのか。じゃあ、服で拭いてやれ」

やっぱり上着を使うしかないのか。

アキは今度こそパーカーを脱いで、川の水に浸した。軽く絞って、プリチャの身体をごしごしと拭いてやる。ホースの水では取れなかった砂粒が、ざりざりと落ちていった。

芳樹と、梨花もこわごわと川の中へと入り、それぞれの上着でプリチャの身体をこすり始めた。

川の中に入ってから、プリチャは明らかにご機嫌だ。長い鼻で水を吸い上げては、噴水のように真上に向かって吹き上げている。踏まれないよう注意して前脚を拭いてやりながら、アキはふと、プリチャの象牙《ぞうげ》が赤みがかっていることに気がついた。初めて見たが、タイでは珍しくないのだろうか。

青年は相変わらずの険しい目つきで、腕組みをしたままアキたちの様子を見つめている。

素人の日本人が大事なゾウに変な真似をしないよう、見張っているのかもしれない。

「さっきはありがとう。きみ、名前は？」

アキは川からあがって、青年に声をかけた。あまり英語が得意ではなさそうなので、なるべく簡単な単語を選ぶ。

「……ディディ」

と、青年はぶっきらぼうに答えた。

「そうか、僕はアキだ。あのさ、ちょっと聞きたいんだけど、プリチャの牙って赤いよな？　これって普通？」

「部外者に教えることはない」

ディディは、そっけなく答えて視線を逸《そ》らした。


水浴びを終えて来た道を戻り、アキたちはようやく象舎へと帰ってきた。

すでにほかのゾウたちは各々の単房に戻り、餌箱からあふれんばかりの干し草を食《は》んでいる。プリチャの餌箱にも、干し草だけでなくスイカ、バナナなどの果物までたっぷり補充されていた。

「なげえ散歩だったな。くたくただよ」

単房に戻ったプリチャの後ろ脚に足輪を付けながら、芳樹がげんなりしてボヤいた。

「沢までの往復と水浴びで、なんだかんだ三時間もかかってます。毎日やらされたら、研究の時間をかなり削られますね……って」

梨花は、話しかけたつもりの相手がいないことに気がついて首をかしげた。「あれ？アキ先輩は？」

象舎には一緒に戻ってきたはずなのに、姿が見当たらない。きょろきょろとあたりを見回していると、サンプル採取用の容器を山ほど腕に抱えたアキが出入り口から駆け込んできた。

「二人とも急げ！　今なら生体サンプルが採り放題だ！」

持参した採取容器を取りに事務所まで戻っていたらしい。「芳樹はあっち、梨花はそっちの列からサンプルを取ってくれ。唾液《だえき》と糞はマストで、できたら皮膚のサンプルも欲しい」

てきぱき指示を出すと、自分はいそいそと餌箱のバナナを拾い上げ、プリチャの口元に近づける。プリチャがあーんと口を開けたところへすかさず手を伸ばし、垂れてきた唾液を容器で受け止めた。

「ほら、早速こんなに採れた！」

得意げに採取容器を掲げるアキの笑顔は、子犬のように無邪気だ。右手は唾液にまみれてねちょねちょだが。

「イケメンは何しててもイケメンだな」

「……私たちも、早く手伝いましょ」

梨花は力なくつぶやくと、綿棒でプリチャの肌をしゅっと擦《こす》った。

■

エレファントキャンプに滞在する間、アキたち三人は施設内のコテージに宿泊する。もちろん無料ではなく、バンコク市内の三ツ星ホテルと遜色《そんしょく》のない価格を支払うことになっているのだが、案内されたコテージは想像をはるかに超えて質素だった。ベッドがあるだけのワンルームで、共同シャワーは水しか出ない。

「豪華なのは事務所だけかよ！」

という芳樹の突っ込みはもっともだ。川に入って濡《ぬ》れた服が歩いている間にすっかり乾いてしまうほどの暑さなのに、エアコンどころか扇風機すらない。パスポートなどの貴重品は、なぜか梨花のコテージだけにあった金庫にまとめて保管することにした。

「まぁ……一人に一つコテージがあるだけ、ありがたいと思おう」

アキはそう言って慰めたが、顔はさすがに引きつった。

宿泊施設はボロいし、なぜかゾウを水浴びさせる羽目になるし、ここへ来てからトラブル続きだ。前途多難だが、幸いなことにランチはおいしかった。敷地内にある食堂はマハウトや職員であふれてにぎやかな雰囲気だ。アキたちと同じテーブルに座ろうとする者はいなかったが。

「僕たち、まったく歓迎されてないな」

アキがしみじみと言うと、芳樹がパッタイをフォークに巻きつけながら「今さら」と突っ込んだ。

「最初に出迎えられた瞬間から、明らかに邪険にされてただろ」

「そうだな。誰も僕たちと目を合わせようとすらしない」

「まともに声かけてくれたのは、彼くらいですよね」

梨花が、離れたテーブルのほうを視線で指した。ディディはマハウトたちのグループにまじり、楽しげに談笑しながら食事をとっている。アキたちへの不愛想な態度とは大違いだ。確かに彼は河原でアキたちを助けてくれたが、それは単にプリチャを心配しただけだったのだろう。

　食事を終えたその足で、三人はエレファントキャンプ内にある製紙工場に向かった。工場といっても、東屋《あずまや》の下に洗い場やかまどが作りつけられただけの簡素な施設だ。設備を見るだけでも、紙づくりの工程について大体の察しがついた。

　回収した糞は洗い場でほぐしてから、かまどで二十四時間以上煮て細菌を死滅させる。それから回転槽《そう》にかけて細かいパルプ状にして網で薄く漉《す》き、日なたで乾かす。かまどで煮る工程でほとんどの菌は死滅するはずだから、ポストカードに付着していたメチロコカス・オパカスは、おそらく完成後に付着したのだろう。

「おい、お前らこんなところにいたのか」

　工場内の写真を撮っていると、リーダーが探しに来た。

「早くプリチャを水浴びに連れていけ。ほかのマハウトたちはもう出発したぞ」

「いえ、もう水浴びは朝のうちに済ませました」

　アキが答えると、リーダーは盛大に顔をしかめた。

「なに言ってる。午後も行くんだ」

午後になって気温が上がったせいか、プリチャの歩みはますます遅くなっていた。ほとんど一歩ごとに立ち止まり、耳の裏を軽く蹴るくらいでは先へ進んでくれなくなってしまった。

「もっと強く蹴ったほうがいいんじゃねえの」

「そうですよ、皮膚もかなり厚いみたいですし」

散歩にすっかり慣れた梨花と芳樹は、口々にそんなことを言ったが、アキはどうしても気が進まなかった。痛みを感じていなかったとしても、嫌々歩かせていることには変わりない。

とはいえ、早く水浴びを終わらせないと、研究の時間がなくなってしまう。

「どうしたもんかなー……」

暑いし。

ぐでっと脱力したアキの目の前を、プリチャの長い鼻が横切った。斜面から生えた木の皮を鼻の先でばりばり削り、剝がれ落ちた欠片《かけら》を巧みに摑み取っている。この、少し赤みがかった木の皮が、プリチャのお気に入りらしい。

ゆっくりゆっくり歩を進め、ようやく象舎に戻ってきたときには、もう日が落ち始めていた。まだ研究に取りかかってすらいないというのに、今にも一日が終わろうとしている。

おまけに二度も川の中に入ってクタクタだが、芳樹はともかくアキと梨花はコテージで一休みというわけにもいかない。

「二十分休憩したらもう一度集合して、研究棟へ向かおう」

アキが仕切ると、梨花はげんなりした表情で「わかりました……」とうなずいた。

「お前ら、よくやるよな。ゾウの面倒見たあとで、さらに研究までするのかよ」

「芳樹さん、ちょっとくらい手伝ってくれませんか？　雑用も結構あるんですよ」

梨花がやんわり聞くが、芳樹は「ぜってえヤダ」と断固拒否すると、さっさとコテージの中に戻っていってしまった。芳樹が手伝うのはスクリーニングのみで、研究には完全にノータッチだ。

「プリチャを連れ出してくれたときは頼れると思ったのに。結局薄情ですよねー、芳樹さんって……」

「まあ、初めからそういう約束だから」

ぶつぶつ言う梨花をなだめつつ、アキは研究棟へと向かった。

ウォンプアハン・エレファントキャンプでは、かつて国立大学と連携したゾウの研究が行われていたらしい。その当時の名残で、今も研究棟には一通りの設備が整っている。午前中にサンプルは十分採取したし、これでようやく研究に取りかかることができそうだ。

寒天培地を作る作業は梨花が担当し、アキはひたすらにサンプルの希釈液を培地に撒《ま》いては、メタンガスを封入した容器の中に密閉する作業を続けた。メタンガスは、バンコクの研究施設から購入したものだ。培地に赤色のコロニーができれば、顕微鏡《けんびきょう》を使って形状を確認する。最終的には日本に持ち帰って改めてDNA分析にかける必要があるが、ゾウの糞から赤色のコロニーが出来て、なおかつ形状が一致すれば、かなり高い確率でメチロコカス・オパカスを採取できたと考えていいだろう。

夕食のあとも作業を続け、アキと梨花は夜中の十二時過ぎにようやくコテージへと帰った。明日の朝も早い。アキはシャワーを浴びて早々にベッドにもぐりこんだが、気にかかるのはやはり研究のことだ。

今は寝ている時間も惜しい。そんな暇があるなら、少しでも多くのサンプルを確認したい――

考え始めるといてもたってもいられなくなり、アキは再び研究棟に戻ってきてしまった。焦燥感に駆られてひたすら作業を続け、結局徹夜だ。

翌朝、六時。窓から差し込む朝の日差しを気まずく眺めながら、アキはようやく研究棟を出た。コテージに戻ると、ウッドデッキの上にあぐらをかいて芳樹が本を読んでいる。

……読書、するのか。そりゃあ文系で博士課程まで進んでいるのだから彼だって本くらい読むのだろうが、初対面でいきなりスマホゲームに没頭する姿を見たせいか、なんだか意外な気がする。

「何読んでるんだ」

声をかけると、芳樹は本を軽く持ち上げて表紙を見せた。

「『パンセ』。パスカルって、フランスの哲学者が書いた本だよ」

「『人間は考える葦《あし》である』？」

「そー、その言葉が出てくる本。アキ、お前も読めよ」

「哲学書にはあまり興味がないな……」

正直に答えるが、芳樹は無視してアキに『パンセ』を押しつけた。

「パスカルは哲学者であると同時に、科学者でもあったんだぜ。『パスカルの三角形』とか、聞いたことねえ？」

「ああ、ミラーナンバーのやつか……」

無理やり受け取らされた本をめくれば、まさにその『パスカルの三角形』が扉絵にデザインされている。シンメトリーに並んだ数字の規則が作る美しい三角形だ。

「――で。アキ、お前は朝っぱらからどこ行ってたの？」

「研究棟にこもってた」

アキの目の下の隈《くま》に気づいて、芳樹は眉をひそめた。

「……夜通し？」

「少しでも多くのコロニーを作っておきたいんだ。それに、変化がないか定期的に目視で確認しないといけないし。ちょっと張りきりすぎてるかもしれないけど――でも、成果はちゃんとあったよ」

アキはポケットからスマホを出した。明け方に撮ったシャーレの写真を表示して、拡大して芳樹に見せる。「ほら、ここ。コロニーが少し赤っぽくなってるだろ」

「あー？ あー～、まあ、微妙に見えるかもな。言われてみれば」

「それが、メタンガスを変換した痕跡《こんせき》だ。つまり、このサンプルの中にはメチロコカス・オパカスがいる」

「おぉー！」

芳樹はにわかに色めき立った。「メチロコカス・オパカスが見つかったってことだよな？ じゃあもう研究終わり？」

「んなわけないでしょう」

口をはさんだのは梨花だった。アキたちの声を聞きつけて、コテージの外へ出てきたらしい。「ここにメチロコカス・オパカスがいるのは前提条件。私たちの目的は、培養《ばいよう》方法を確立することですよ」

　梨花はじとっと芳樹を一瞥《いちべつ》すると、アキのほうに向き直って聞いた。

「メチロコカス・オパカスは、どのサンプルから出たんですか？」

「プリチャの糞から。ほかのゾウの糞からもいくつか検出されたけど、見つからなかったサンプルのほうが多い」

「……体内にメチロコカス・オパカスを持ってるゾウと、持ってないゾウがいるってことですよね」

「ああ。遺伝的なもので個体差があるのか、あるいは餌の違いかもな」

「あー、あいつら意外と偏食だもんなー」

　芳樹が能天気な感想を口にする。

　いずれにしても、培養方法を確立するためには、さらに安定してメチロコカス・オパカスを採取する必要がある。どのゾウの糞からメチロコカス・オパカスが検出されるのか、もっと明確に知りたい。

　そのために当面、研究棟に泊まり込むつもりだと話すと、二人からさすがに反対されてしまった。

「昼間はゾウの世話もすんだろ。身体もたねぇぞ」

「私と交代にしましょう。私も泊まります！」

気持ちはありがたかったが、アキは「いや」と断った。

「自分の目で確認したいんだ。梨花の専門はゲノム解析で、微生物の形状を目視で確認するのには慣れてないだろ。微妙な変化を見逃してしまうかもしれない」

「じゃあせめて、ゾウの世話は私と芳樹さんでやりますから、その間休んでてください」

梨花が提案するが、アキにそのつもりはなかった。

「プリチャの散歩には僕も参加するよ。ゾウの行動や生態はなるべく観察しておきたい。メチロコカス・オパカス生成のヒントがあるかもしれないからね」

「でも……」

梨花はなおも心配そうにしていたが、アキの意思は固かった。――なんとしてでも、メチロコカス・オパカスの培養方法を確立する。そのためには、多少の無茶はやむを得ない。

プリチャの散歩は、相変わらずマイペースだった。一回の散歩に三時間はかかる。無理やりせかすこともできないので、研究の時間を捻出《ねんしゅつ》するためにはやはり睡眠時間を削るしかなかった。朝の散歩が終わるとランチをかきこみ、研究棟へと急ぐ。サンプル集めは芳樹に任せ、梨花はアキのアシスタント。午後になったら再びプリチャを散歩に連れ出し、それが終われば朝まで研究室に篭《こも》る。そんな日々が続いた。

一つでも多くのサンプルを調べ、少しでも多くのメチロコカス・オパカスを見つけたい。アキの目の下の隈は日に日にどぎつくなっていたが、その甲斐《かい》あって、七日目には高い精度で、体内にメチロコカス・オパカスを持つゾウを特定できるようになっていた。

プリチャ、アンポーン、タンサニー。

この三頭のゾウの糞からは、今のところ百パーセントの確率でメチロコカス・オパカスが検出されている。なぜこの三頭なのだろう。何か共通点があるのだろうか――

三頭のゾウを直接確認するため、人の少なくなる夕食時をねらって、アキは象舎の単房に忍び込んだ。

「やっぱりそうだ……」

ゾウたちを見比べて、アキは小さくつぶやいた。メチロコカス・オパカスを体内に持つゾウは、全員、象牙が赤みがかっているのだ。赤みの薄いゾウもいて、彼らの糞からも時折メチロコカス・オパカスが検出されたが、出ないことも多い。

これはどういうことだろう。象牙の赤さに比例して体内に多くのメチロコカス・オパカスがいるのか、それとも別の理由があるのだろうか。

考えつつ、アキは象舎をあとにした。研究棟に戻る道すがら、炊事場《すいじ》の前で、調理スタッフたちが焚火《たきび》をしているのを目に留めて立ち止まる。調理で出たごみを燃やしているようだが、気になったのは、スタッフがくべている薪《まき》だ。

赤みがかった鱗《うろこ》状の樹皮。プリチャの好物だ。

「ちょっと見せてくれ」

積んであった枝を一本手に取ってみると、表面に少しベトつく感触があった。「この木、よく燃えるのか?」

「一番燃える」

スタッフの一人が、たどたどしい英語を返した。

「この木の名前は?」

「ジョンリ」

ジョンリの木。聞いたことのない名前だ。もしかしたら、この地域一帯の固有種なのかもしれない。

■

アキたちがエレファントキャンプに来てから、あっという間に十日が経《た》っていた。ここに滞在できるのもあと三日に迫り、研究もすでに佳境を過ぎている。アキの胸には、無事に成果をあげられたという確かな実感があった。糞のサンプルも、メチロコカス・オパカスと思われるコロニーも、すでに十分な量を確保している。

　プリチャ、アンポーン、タンサニー。

　メチロコカス・オパカスを体内に持つことがほぼ確定したこの三頭の中に、プリチャが含まれていたのは幸いだった。散歩中にいくらでもぼとぼとと糞を落としてくれるので、散歩のついでにサンプル採取ができるのだ。

　早めに研究を切り上げ、コテージに向かってのんびり歩いていると、近くでゾウの鳴き声がした。ゾウたちはとっくに単房に戻っている時間だし、象舎までは少し距離がある。まさか誰か脱走したんじゃないだろうなと嫌な予感を抱きながら、道を外れて鳴き声のしたほうへ行ってみると、柵に囲われて子ゾウが飼育されていた。

　子ゾウは、四本の足をぎくしゃくと動かして、ぎこちなく歩いている。担当らしいマハウトが柵の前に立って、子ゾウの動きを見守っていた。

「こんばんは」

　声をかけてから気がついた。ディディだ。

　ディディは、ちらりとアキのほうを見たが、相変わらずの無愛想で黙って子ゾウのほうへ視線を戻した。

「この子は象舎の中にいないんだな」

アキは続けて声をかけたが、ディディは唇を引き結んだままだ。

「きみが担当してるのか？」

「……」

「かわいいな」

アキは、柵の間から手を差し入れた。子ゾウがすぐにやってきて、手首に鼻を絡めてくる。

「遊んでほしいのか？」

指の先をひらひらさせると、子ゾウは鼻の先をひくつかせた。伸びてきた鼻をかわしたり、わざと捕まって鼻先をくすぐったりしながらじゃれあう。

「ほら、おいで。Good boy《いい子だ》」

と声をかけると、隣にいたディディが渋面《じゅうめん》でぼやいた。

「男《ボーイ》じゃない。こいつは女だ」

「そうか。名前は？」

「パラ」

「かわいいな」

アキが褒めると、ディディは誇らしげに唇の端を上げた。

「パラは、俺が今までに見たゾウの中で一番美人だ」

親ばかだな。アキはこっそりと笑みを噛み殺した。塩対応を決め込んでいたくせに、パラのことになると黙ってられないらしい。

アキの指とひとしきり戯《たわむ》れると、パラはディディのほうへと鼻を伸ばした。何かを探すように、へそのあたりのにおいをしきりに嗅いでいる。

「なにか探してるのか？　俺は何も持ってないぞ」

ディディがしらばっくれて言った途端、ポケットの中でカランと音が鳴った。パラがますます必死に身体をまさぐるのがおかしくて、アキはくすくす笑った。

「きみが何かいい物を持ってるって、ちゃんとわかってるみたいだ」

「食いしん坊め」

ディディは苦笑いで、乾燥スナックの入った容器をポケットから出した。

「ほら」

手のひらの上に出して差し出すと、パラは鼻を使ってまとめて手繰《たぐ》り寄せようとする。摑みきれず、ほとんど地面に落ちてしまったが、パラは鼻先を折り曲げてひとつひとつ器用に拾っていった。

「リーダーに、お前たちをゾウに近づけるなと言われた」

　パラを見守りながら、ディディがぼそりと言った。「お前たちはマハウトの修業をするために来た日本人。いずれ俺たちの仕事を奪うつもりだから何も教えるな。ゾウにも近づけるな。そう言われている。でも、お前たちはマハウトじゃないだろう。いくらなんでもゾウのことを知らなすぎる」

「僕たちは科学者だよ。ゾウの体内にいる菌《バクテリア》を調べに来たんだ」

「菌？」

　ディディの顔がきょとんとなった。「ってなんだ？」

「微生物の一種だよ。分裂で増える単細胞生物で、有機物を養分として分解する……」

　こんな説明で伝わるわけがないと気づいて、アキは言葉を切った。しかし、かといってなんと説明したものか。自分の専門分野なのに、改めて聞かれると言葉が出てこない。

「……目に見えない小さな生き物だ。病気の原因になることもあるけど、悪いことばかりじゃなくて、食べ物を人が食べやすいよう変化させてくれる。ナンプラーとか酒とか……あと、ヨーグルトとかも、微生物の作用によって作られるんだ」

　我ながらなんだか変な説明だが、ディディは「あー」と納得した表情で言った。

「ローン・ウーのことだな」

「ローン・ウー？」

今度はアキが首をかしげる番だった。「なんだそれ」

「ローン・ウーは森の聖霊だよ。どこにでもいて、物を変化させるんだ」

「それは……」

多分、微生物とは違う。

アキは微妙な表情を浮かべたが、ディディは自信満々だ。

「お前の言う微生物は、麦や米を酒に変えたり、死んだ人間を土に返す存在か？」

「ああ」

「あと、人を病気にしたり、食べ物を腐らせるのもそいつらの仕業だな？」

「そうだ」

「天気を変えたり種を木にしたり、男の髭《ひげ》を伸ばすのも、そのバクテリアの仕業だろう」

「いや……それはちょっと違う」

アキが否定すると、ディディはかがみこんで、地面の土を手の中にすくった。

「そのバクテリアってやつは、この土の中にたくさんいるか？」

「ああ、いる」

「でも、目には見えないな？」

「ああ、見えない」

「じゃあやっぱりローン・ウーだ。この世の変化を引き起こす者」

確信に満ちた口調で言って、ディディはニヤリとした。「ローン・ウーはいつでも俺たちのことを見てる。なんでも知ってる。それを研究しようなんて、お前は身の程知らずなやつだな」

アキは、ディディの手の中の土をじっと見つめた。熱帯の黒土には養分が多いといわれる。このひとすくいの土の中にはおそらく一千万近い微生物がいて、仲間と城を築いたり、ほかの菌と縄張り争いを繰り広げたり、分裂して仲間を増やしたりしているはずだ。現代科学は彼らをまとめて「細菌《バクテリア》」と呼ぶが、ディディの文化では「聖霊」として扱うのだろう。

「神聖なものなのか？」

アキが聞くと、ディディは「ん？」と片眉を上げた。

「ローン・ウーだよ。君たちにとって神聖なものなら、僕たちのようなヨソ者が勝手に採って調べるのを、よく思ってないんじゃないかと思って」

「ローン・ウーは土地に縛られない」

きっぱりと言うと、ディディは手の中の土をさらさらと落とした。

「聖霊はすべてを助けるんだ。平等にな。善人も悪人も死ねばローン・ウーに分解されるんだ。お前が気にしてるようなことは、ローン・ウーにしてみれば些細な問題だ。それに――」

ディディは、象舎の奥へと視線を向けた。拾ってきた木で作ったような掘っ立て小屋が三つ、並んで建っている。「俺たちだって、ここではヨソ者みたいなものだ。あれだって仮住まいだしな」

「君たちは、あそこで寝泊まりしてるのか」

「ああ、二十日ずつ交代」

アキは薄暗闇の向こうに目を凝《こ》らした。小屋の窓は枠だけで、ガラスなどは嵌《は》まっていないようだ。軒先《のきさき》に洗濯紐《ひも》がかけられ、男物のTシャツやパンツが揺れている。真っ暗だが、電気などは通っていないのだろうか。アキたちにあてがわれたコテージは、あの小屋に比べればかなり上等だ。

「一つの小屋に何人くらい住んでるんだ？」

「七人か八人くらいかな。ここにいるマハウトはみんなレイカン族の村の出身で、幼馴染《おさななじ》みなんだ。家族はここから離れた集落に住んでる。二十日ここで働いたら、二十日は家で過ごす」

レイカン族の名前は聞いたことがあった。バンコク郊外から北東にかけて散らばる山岳民族だ。先ほど聞いた聖霊の話は、おそらく彼ら独自の民間信仰のようなものなのだろう。

「レイカン族は、昔からマハウトを生業《なりわい》にしていたのか?」

アキが聞くと、ディディは表情を暗くして首を振った。

「昔は村で採れるものだけ食べていれば生活できた。だけど今は人口が増えて、それだけじゃ全員を養えない。俺たちは昔からゾウを家畜として使ってきて、扱いには慣れてたから、みんなウォンプアハンに雇ってもらえた。給料は少ないけど食事が出るし、あんなに立派な家に住まわせてもらえて、ありがたいよ」

立派な家? あの小屋が?

アキは驚いて、さっきの小屋を見つめ直した。それまで自給自足で暮らしていたレイカン族が、突然国内の経済に組み込まれたのだとしたら、その暮らし向きはけして豊かではないだろう。

「ウォンプアハンは、明日エレファントキャンプに来るよ。最後に来たのは三カ月前だ」

「そうなんだ。どんな人?」

「お金持ち。このあたり一帯の山は、みんなウォンプアハンの土地だ。このエレファントキャンプを始めるために買ったらしい」

とりとめもなく話していると、パラがまた寄ってきて、アキとディディのほうへ順番に鼻を伸ばした。

「何だ。スナックならさっき食べただろ。もうないよ」

ディディが両手を上げてみせても、パラはあきらめず、ディディの身体をあちこち嗅いでまわっている。

「パラにはまだ象牙がないんだな」

「大人になったら生えてくるんだ。普通は白い牙だけど、ときどき牙が赤いやつもいる」

パラに脇腹を嗅ぎまわられ、ディディはくすぐったそうに身体をすくめた。

「プリチャがそうだな。あと、アンポーンとタンサニーも」

「赤い象牙はすごく珍しいらしい。世界中でここにしかいないんだ」

アキは自分のほうへ伸びてきた鼻をぽんぽんと撫でた。

いつの間にか日が沈みきり、あたりはすっかり薄暗くなっている。

■

子ゾウと触れあったせいか、その夜、アキは久しぶりに子供のころの夢を見た。

雪の降る土手を歩いていた。何度も通った通学路の景色は、音も色もやけにクリアで、きりりと肌を刺すような冷えた空気の感触まで、夢にしては奇妙なほどはっきりと感じられた。

家に着くなり濡れた靴下を脱ぎ捨てて、冷えた足先をコタツの中に突っ込んだ。両親は売れない日本酒の営業に忙しく、家には小さなアキが一人きり。コタツに座り絵をかいて暇をつぶしていたら、鼻を赤くした兄が帰ってきた。

「うー、さぶさぶ」

なんて言いながら、冷えきった足を容赦《ようしゃ》なくコタツの中に突っ込んでくる。アキは座卓の上の急須を取り、湯飲みにこぽこぽとお茶を注いで兄の前に置いてやった。

「この時季の蔵は冷えるなあ」

ひとりごとのようにぼやくと、兄は赤くなった指先で湯飲みを包み込んだ。ずずっと緑茶をすすりながら、コタツに広げた自由帳に目をやる。

「お前もお絵描きに忙しそうだなぁ。これ、なに描いたんだ。アザミと水玉模様か？」

「違うよ。アスペルギルス・オリゼーとサッカロマイセス・セレビシエ」

「あん？」

兄が変な顔をするので、アキは傍《かたわ》らに置いていた図鑑をぱらぱらとめくってページを開いた。

「ほら、これ」

と得意げに写真を指さす。

「あー。麴菌《こうじ》と酵母《こうぼ》菌か。学名で言うなよ、わかんねえから」

「でも図鑑にはこっちで載ってるんだもん。ねえ知ってる？　オリゼーって、稲の学名の『オリザ』から来てるんだよ」

「へー」

「兄ちゃん、アスペルギルス属の菌、いくつ言える？　僕、いっぱい言えるよ。アスペルギルス・テレウスでしょ。アスペルギルス・ニガー、アスペルギルス・ベルシカラー、アスペルギルス・キャンディダスと、アスペルギルス・アワモリと……」

「あー、はいはい。わかったわかった」

ひらひらと手を振って会話を遮《さえぎ》られたので、アキはムッとしてしまった。いつも微生物の力を借りて酒造りをしてるくせに、兄は微生物のことにあまり興味がないのだ。

「もっと兄ちゃんも勉強したほうがいいよ。ほら、この本読みなって」

アキは微生物図鑑をずいっと兄のほうに差し出した。「いろんな微生物が載っててておもしろいんだよ」

「いやー、俺は遠慮しとくよ。眠くなるから。まったく、お前は微生物のこと調べるのが好きだよなあ」

「だって、おもしろいじゃん。こいつら、見えないけどそこら中にいて、めちゃくちゃ働いてるんだよ。僕たちの腸《ちょう》の中だけで、菌が百兆個くらいいるんだって。やばくない？　百兆個だよ？　地球の人類全部足したって六十億人しかいないのに、えーと」

数秒かけて、頭の中で暗算をする。「……いちまんろくせんろっぴゃくろくじゅーろく倍！　世界人口の一万倍以上の菌がいるんだよ！　この中に！」

「へー。多すぎてなんだかよくわかんねぇな」

「ね。わかんないからおもしろいよね。これからきっといろいろわかるよ」

兄は思い出したように、カバンの中から新聞を出した。

「そういやあ、南極ですげえ菌が見つかったらしいぞ」

中面の記事を見せてくれる。南極にある塩湖から、新しい微生物が発見されたというニュースだった。まだ名前もつけられていないその微生物は、光も酸素も存在しない塩水の中でも生息が可能らしい。

「すげー！　この微生物、摂氏《せっし》マイナス十三度で生育するかもしれないって！」

やっぱり、すごい場所にはすごい微生物がいるものだ。きっと南極には、誰も発見してないすごい微生物が、まだまだたくさんいるに違いない。

興奮してニュース記事を読みなおすアキを見て、兄はふっと微笑を漏らした。

「アキ、お前も将来南極に行けよ。科学者になって、それで、もっとすっごい微生物を発見したらいい」

「え」

南極？

と聞いてアキの頭に思い浮かぶのは、ペンギンとホッキョクグマだ。あれ、ホッキョクグマって、南極にもいるのかな？　わかんないけど、とにかくそれくらい馴染みのない場所だ。

「南極って、寒いんじゃないの？」

「山形で育ったんだから、寒いのは得意だろ」

「一緒にすんなよ！　絶対南極のほうが寒いじゃん！」

いきおいよく反論してから、アキは「んー」と少し気を取り直した。

「まあ、でも、いいよ。南極も楽しそうだし」

「よかったな、将来の夢が決まって」

兄に笑いかけられ、「うん！」と勢いよくうなずいたあたりで、ぼんやりと目が覚めた。

ぺらぺらの掛布団にくるまったまま、アキはしばらく黒ずんだコテージの天井を見つめていた。

夢というよりも、もはや追憶だ。記憶をそのままもう一度再生したみたいだった。兄とそのやり取りをしたのはもう十年以上も前なのに、自分の脳はよくもここまで鮮明に覚えていたものだと思う。

そうか。そういえばそうだったな。

アキは腕を伸ばし、手探りでスマホを探してアラームを止めた。

南極に行こうと最初に思ったのは、兄と交わしたあの会話がきっかけだったんだっけ。

「寝た気がしないな……」

寝ぼけ眼《まなこ》のまま食堂に入ると、芳樹と梨花はすでに来て朝食をとっていた。

「ウォンプアハンが来てるってよ」

言われて見てみれば、奥のテーブルにスーツを着た男が座っている。歳《とし》は五十歳ほどだろうか。この食堂はセルフ式だが、彼のもとへはスタッフが手ずから料理を運んでいた。

「金持ちらしいけど、なんかどこにでもいそうなジジイだよな」

「ちょっと挨拶《あいさつ》してくるよ」

「えっ、いきなりですか」

彼とは何度か直接メールでやり取りしている。英語も通じるはずだ。

「ウォンプアハンさん」

声をかけると、ウォンプアハンはスタッフにつがせたビールのグラスに口をつけたまま、視線だけアキへと向けた。

「ようやくお目にかかれてうれしいです。小林亜綺です」

「あぁ、きみがアキくんか」

ウォンプアハンは細い目を三日月形にゆがめて、アキに微笑《ほほえ》みかけた。いかにも作り笑顔だ。「なんだか行き違いがあったみたいで、ごめんね。リーダーが、きみたちのことをマハウト見習いだって勘違いしてたみたいで」

「いえ。貴重な体験をさせていただきました。ゾウたちと実際に行動を共にすることで、気づくことも多かったです」

「リーダーには言っといたから、今日から散歩はやらなくていいよ」

「ありがとうございます。それと、もう一つお願いがあって」

きれいな動作で軽く会釈して、アキは本題に入った。「残りの二日間で行動を観察したいゾウがいるんです。時間外の象舎への立ち入りと、水浴びへの同行を許可してくれませんか」

「ああ、いいよ。どのゾウかな」

「プリチャ、アンポーン、タンサニーです」

「……構わないよ。自由に観察していい」

少し間があいた。やはり彼もヨソ者がゾウと接することをよく思っていないのかもしれない。が、ともかく許可がもらえたことにアキはほっとした。幸い、まだ二日はここにいられる。観察の足りていないアンポーンとタンサニーに付き添って、なぜ限られたゾウだけがメチロコカス・オパカスを持つのか、その理由を明らかにしたい。

散歩を免除されたことを伝えると、梨花も芳樹も大喜びだった。プリチャと川に入るのは楽しいけれど、水泳の授業のあとみたいにヘトヘトになってしまうのだ。朝食もそこそこに早速象舎へと向かい、二頭の単房を観察していると、五分も経たないうちにリーダーが怒鳴りこんできた。

「おい、お前らプリチャに何をした！」

「は？　なんだテメー、なんもしてねぇよ」

いきなり喧嘩《けんか》腰で対応する芳樹より一歩前に出て、アキは冷静に聞き返した。

「プリチャに何かあったんですか？　僕たちは、まだ今日はプリチャには会っていませんが……」

象舎に入ったとき、プリチャの様子も見に行ったが、単房は空だった。てっきり、誰かがすでに散歩に連れていったものと思っていたのだが、違ったのだろうか。

「とぼけるな。お前たちがプリチャの耳を切ったんだろう」


パラのいる柵の前に鎖でつながれたプリチャの姿を見て、アキたちは言葉を失った。耳の先が刃物を振り払ったようにすっぱりと垂直に切断されていたのだ。ぼたぼたと滴《したた》る血が、赤土の地面を真っ黒く濡らしている。

朝、この状態で敷地内をうろついていたところをマハウトが発見したのだそうだ。

「誰がこんなことを……」

アキはうめくようにつぶやいて、プリチャの鼻を撫でた。痛いだろうに、プリチャはうつろな目つきのまま、暴れもせずに立ち尽くしている。

「しらじらしいことを言うな。お前たちがやったくせに」

決めつけられ、アキは毅然《きぜん》と反論した。

「僕たちの中の誰も、こんなひどいことはしていません」

「どうだかな。お前、ここへ来る前にメールでゾウの身体の一部が欲しいとウォンプアハンに頼んでたそうじゃないか。研究に必要だからとか言って」

「生体サンプルが欲しいとは言いましたが、表面細胞の皮膚を少し擦る程度で十分なんです。耳を切るなんて、そんなことをする必要はありません」

リーダーはアキの言い分を取りあおうとせず、小馬鹿《ばか》にするように「フン」と鼻を鳴らした。

「俺に言い訳しても無駄だ。警察が調べればわかることだからな」

「そうしてくださいよ。私たち、何もしてませんから！」

梨花が語気を強める。ここに来てから毎日プリチャと過ごして、少なからぬ愛着を抱いていたのだ。それなのに証拠もないまま犯人扱いをされて、すっかり憤然としていた。

「まー、警察に調べてもらえるならそのほうがいいんじゃねえ。俺たち、潔白なんだし」

芳樹がのんきに言うが、警察が来ると聞いてアキは嫌な予感がしていた。リーダーの口ぶりは、完全にアキたちが犯人だと決めつけている。もしもリーダーやマハウトたちが口裏を合わせてアキたちを陥《おとしい》れるような証言をしたら、そして警察がそれを信じたら、このまま犯人にされてしまうかもしれない。

アキの不安は的中した。

不自然なほどの早さで到着した警察は、あっという間に「動かぬ証拠」を発見してみせたのだ。

「もう言い逃れはできないな」

そう言って、警察の男は真っ赤に染まったビニールの密閉袋を見せた。アキたちが日本から持参した、スクリーニングの採取容器だ。血が溜まってよく見えないが、中には、切り取られたプリチャの耳らしきものが入っている。

「お前たちが使っていた研究棟から見つかったぞ。どういうことだ」

説明を求められたところで、三人は正直に「何も知らない」と言うほかなかった。個別に事情聴取もされたが、どこまで信じてもらえたかわからない。

警察の判断が出るまで、三人は食堂で待機させられることになった。

「なんで研究棟から耳が……もう、わけわかんないですよ……」

濡れ衣を着せられ、梨花はすっかり涙目になっている。

「何もしてないんだから堂々としてればいいよ。プリチャの耳を切った犯人は別にいるんだから、そのうち誤解もとけるさ」

「それよりお前は自分の研究のことを心配しろよ。せっかく今日から散歩を免除されたってのに、食堂から動けねぇんじゃあ何もできねえだろ」

芳樹の言葉を、アキは「あぁ……」と聞き流した。脳裏をよぎるのは、さっきのプリチャの様子だ。耳を切られてまだ出血も止まっていなかったのに、プリチャはおびえたり暴れたりするようなそぶりを見せず、ぼんやりと立ち尽くしていた。

おそらく、麻酔をかけられているのだ。でなければ、いくらマハウトに調教されているとはいえ、大人しくしているはずがない。そして、麻酔を扱えるということは、耳を切った犯人はある程度ゾウの生態に詳しい人間ということになる。

つまり、エレファントキャンプで働く人間の誰か——あるいは、全員がグルなのかもしれない。ここへ来た当初から、アキたちは歓迎されていなかった。やはり、ウォンプアハンが何かをたくらんでいるのだろうか。

でも、とアキはさらに自問した。そうまでして追い出そうとするのなら、なぜ彼らはアキたちをエレファントキャンプに受け入れたのだろう。滞在の打診をしたときに、断ればいいだけの話だ。それに、たかだか研究者三人を追い出すために、わざわざ大事なゾウを傷つけたりするだろうか？

「お前たちの処分が決まったよ」

食堂で待機していた三人のもとに警察の決定を知らせに来たのはリーダーだった。

「今日のところは処分保留。現場の状況を総合的に判断するらしい。今日中に判断を決めるから、明日の朝バンコク警察署に出頭するようにとのことだ」

「バンコクに？」

アキは驚いて聞き返した。

この地域はバンコク首都圏外だ。警察の管轄《かんかつ》も別ではないのだろうか？

「ゾウの保護はタイでは大事な問題なんだよ。お前たちはそれほどの重罪を疑われてるってこった。明日の朝出頭するなら今夜はバンコクで適当に宿をとってくれ。夕方六時に車を出すから、それまでに支度しろ」

有無を言わさぬ口調で勝手に決めると、さっさと出て行ってしまう。これまでのゴタゴタが嘘《うそ》のような手際のよさだ。

「どうします？」

おずおずと梨花に聞かれ、アキはため息をついた。

「従うしかないな」

4

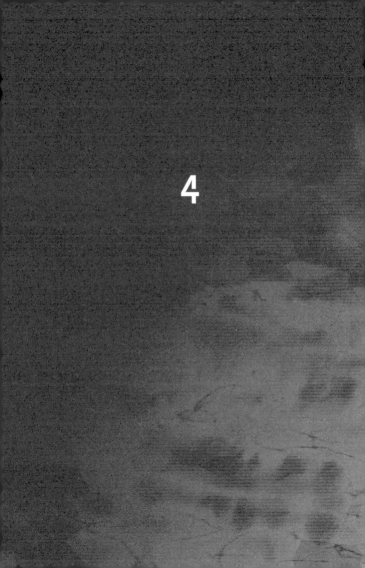

予定よりも早く研究を切り上げなければいけなくなったのは、正直痛かった。メチロコカス・オパカスの潜《ひそ》むサンプルはすでに十分な数を採取済みだが、まだまだやりたいことがあったのだ。

荷造りを終えて六時に事務室に行くと、待っていたのはディディだった。彼がアキたちを車でバンコクまで送ってくれるらしい。貧しい集落で育ったと話していたが、いつ免許を取ったのだろうか。

「おい、そんなに積むのか」

メチロコカス・オパカスのサンプル入りアタッシュケースを四つも抱えたアキを見て、ディディはあからさまに眉をひそめた。

アタッシュケースは微生物採取用に特別に作られたもので、内部が一定の温度と湿度で保たれるようになっている。日本からわざわざ持参したもので、帰りの機内でも追加料金を払って手荷物で持ち込む手筈《てはず》だ。

「大事なものなんだ。この中には、きみの言うローン・ウーにつながるヒントがたくさん入ってるんだよ」

「……まあいい。トランクに積んどくから、早く車に乗れ」

あごでしゃくられ、アキは助手席に、芳樹《よしき》と梨花《りか》は後部座席へと乗り込んだ。トランクが閉まり、ディディが運転席へと乗り込んでくる。

「ディディ、免許はいつ取ったんだ?」

「免許はない」

とんでもない答えが返ってきてしまった。

「でもいつも運転してる。慣れてるから安心しろ」

真顔で言われても不安しかなかったが、車は危なげなく敷地を出て、山間《やまあい》の道を走り始めた。

アキは助手席のシートに深くもたれ、流れていく景色を眺めた。このあたりもまだウォンプアハンの所有する土地なのだろうか。自由に調べることが許されたら、この広大な敷地の中に眠っているはずの希少な微生物を、どれだけ発見できるだろう。

まさかこんな形でエレファントキャンプを出ていくことになるとは思わなかった。明日、警察に出頭したら、一体何を言われるのだろうか。こうなると、日本に無事に帰国できるかも怪しくなってきてしまった——

外の景色に違和感をおぼえ、アキはふと思考を中断した。

何か変だ。来た道を戻っているはずなのに、来るとき左手に見えた景色が、今も左側に見えている。

ちらりと運転席の様子をうかがう。ハンドルを握る寡黙《かもく》な横顔は、どこか緊張しているようにも見えた。車内には冷房がキンキンに効いているというのに、こめかみには汗が滲《にじ》んでいる。やっぱり運転に慣れていないのだろうか。

「道を間違えてないか？」

そう聞くと、ディディはゆっくりと唇を開いた。

「……合ってるよ。間違ってない」

声が、少しだけ上擦っている。——何か、変だ。

「停めてくれ」

「だめだ」

くん、と体に重力がかかった。ディディがスピードを上げたのだ。片側一車線ずつの曲がりくねった狭い山道。速度計の針は小さく揺れながら、みるみる右に傾いていく。

「おい！　スピード出しすぎだろ⁉」

後部座席で芳樹が喚《わめ》くが、ディディは速度を落とそうとしない。ハンドルを握る手は、力が入りすぎて関節が真っ白になっている。

「動くな！」

助手席でアキが腰を浮かせかけた瞬間、ディディが怒鳴った。「おとなしく座っていれば何もしない」

　――まさか、このままどこかに突っ込む気か？

　ウォンプアハンに命じられたのだろうか。アキたち三人を連れて崖《がけ》から飛べと。まさか。僕たちは研究に来ただけだ。殺されるようなことはなにもしてない。

　でも、この車の速度は現実だ。正気の沙汰《さた》じゃない。

　アキは、ルームミラーごしに、後部座席にいる芳樹と目を合わせた。

　隙《すき》を作ってくれ。僕が取り押さえる。

　というメッセージが果たしてアイコンタクトでどこまで伝わったかは謎だが、芳樹は神妙にうなずくと、運転席のシートレバーを思いきり引っ張った。不意打ちでシートを傾けようとしたのだろうが――車が古いのが災いして、なぜかレバーだけすっぽ抜けた。

「え」

　芳樹がぎょっとして目を見開く。次の瞬間、ディディはさらに強くアクセルを踏み込んだ。数百メートルも続く直線道路の先には、木製のいかにももろそうなガードレール。その下は崖だ。

「ディディ、やめろ！」

　アキはハンドルを奪おうと身を乗り出し、芳樹も後ろから座席ごと羽交い絞めにしようとした。ディディはハンドルにしがみつき、身体《からだ》をよじって抵抗する。狭い運転席は、一瞬でしっちゃかめっちゃかだ。

「梨花！　お前も手ぇ貸せ！」

芳樹に怒鳴られ、状況についていけず固まっていた梨花ははっとしてディディの腕に飛びついた。二人がかりで後部座席へと引っぱられそうになり、ますます暴れるディディの足がハンドルを思いきり蹴《け》り上げる。

ギャギャギャギャッ！

ものすごい音を立ててタイヤがアスファルトの上を滑り、車が大きく左にそれた。バンパーが『警笛《けいてき》鳴らせ』の標識を弾き飛ばしそのまま擁壁《ようへき》に突っ込む寸前で、なんとかアキの手がハンドルを摑《つか》んで押し戻す。が、勢い余って押しすぎてしまい、車は笑えるほどの直角で右へと曲がった。車体が傾き、車内の全員が不自然な重力を感じたときには、右のタイヤがふわりと浮き上がっている。

――横転する！

アキは素早く運転席に滑りこみ、ブレーキを踏みながら、ハンドルを左に切った。こんなスピードで横転したら無事じゃすまないし、体勢を立て直せたとしてもガードレールはもう目の前だ。

ダン！　という衝撃と共に車はアスファルトの上を跳ね、センターラインを大きくはみ出ながらなんとかカーブを曲がりきった。

対向車が来なくてラッキーだ。来たら全員死んでた。

急なカーブの道がしばらく続く。法定速度までスピードを落としてからしばらく走り、見通しのいい道路に出てから路肩に車を停め、アキはようやくハーッと息をついた。

ディディは芳樹と梨花によって二人がかりで完全に拘束《こうそく》されている。芳樹が後ろからディディの身体を抱き込み、梨花はディディの膝《ひざ》を抱えている。

「何がどーなってるんだよ……」

芳樹は疲れきった顔でうめいた。「こいつ、俺たちのこと殺そうとしたぞ」

「自分のこともな」

アキは力なくつぶやいて、今さらルームミラーを調節した。

これもウォンプアハンの差し金なのだろうか。だとすれば、動機はなんだ？　エレファントキャンプでの冷遇はあからさまだったが、研究者が気に食わないとはいえ、なにも殺すことはないだろう。それともほかに何か理由があるのだろうか。

ディディは芳樹の腕で口をふさがれ、顔を真っ赤にしてむーむーとうなっている。事情を聞いたところで、正直に話してくれるとは思えないが——

んだ。

「締めすぎだ。窒息《ちっそく》するぞ」

アキに言われて芳樹が腕をゆるめると、ディディはぷはっと息をついて間髪容《い》れずに叫んだ。

「車を停めるな！　追いつかれたら、全員殺されるぞ！」

アキははっと顔を上げげた。直線道路の奥から黒いバイクが三台、明らかに制限速度を超過したスピードで、猛然とこちらに迫ってくる。

「嘘《うそ》！　なんですかアイツら⁉」

梨花が喚く。アキは身体を正面に戻し、シフトレバーを引いた。アクセルを踏み込むと同時に、くぐもった音が二度、立て続けに鳴り響いた。まさか銃声じゃないだろうな。思った瞬間リアウィンドウが弾けた。

残念ながら、銃声だ。

アキはアクセルに全体重を乗せた。オンボロ車のエンジンが甲高くうなり、息も絶え絶えに回転数を上げていく。

「なんで私たちがこんな目に……」

梨花が涙声を出したが、ハンドルを握るアキこそ泣きたい気分だった。カーチェイスなんかやったことないが、とにかく逃げるしかない。車はノーブレーキでふもとの国道へと飛び出し、勢い余って中央分離帯を突き抜けて、そのまま反対車線へと躍《おど》り出た。

「アキ、左側通行!!」

「わかってるよ！」

再び中央分離帯に乗り上げ、きれいに刈られた植木を破壊しながら強引に車線変更する。完全に暴走車の挙動だ。抗議のクラクションを鳴らす一般車両の間をすり抜けて走る車を、三台のバイクが猛然と追いかける。

「高速乗ったほうがいいんじゃないですか!?」

国道に並走する高架道路を見上げて梨花が叫ぶが、アキはインターチェンジを素通りした。

「だめだ。直線じゃ追いつかれる。並ばれたら撃たれる」

といっても、国道もたいがい直線だ。おまけにすっかり忘れていたが、市街地には信号がある。

「やば……」

目前に迫る交差点はさっそく赤信号だ。アキはこぶしでクラクションを連打したが、車線をふさいで溜まった車は動かない。

車道がダメなら、歩道を走るしかない――とっさの判断で、アキは左のタイヤを歩道に乗り上げさせた。

「ぎゃッ！」

車内が大きく傾き、梨花がごろんと芳樹のほうへ転がった。アキの鳴らしたクラクションに驚いた歩行者たちが、蜘蛛《くも》の子を散らしたように逃げていく。たまたまそこにいた罪のない郵便ポストを撥《は》ね飛ばし、半分歩道半分車道を走るという力技でアキは強引に交差点を左折した。

「え？」

思わずアクセルから足を浮かせそうになる。

前方に現れたのは、三つの頭を持つゾウの像だった。しかも、どでかい。半端じゃなくでかい。奈良の大仏を彷彿《ほうふつ》とさせる巨大さで、道路を見下ろしている。

「エラワンミュージアム！」

梨花が、運転席のほうへと身を乗り出して叫んだ。

「ガイドブックに載ってました。あれがあるってことは、この道路、スクンヴィット通りに続いてます！」

つまり、もうバンコクに近いということか。

「まずいな」

アキが小さくつぶやいたのを、芳樹が「なんでだよ」と聞きとがめた。

「バンコク市内の警察署にでも逃げ込めば、あいつらだってあきらめんだろ」

「いや……このままじゃ、そこまでたどり着けない」

車内のデジタル時計の表示を確認して、アキは軽く唇を舐《な》めた。午後六時三十分。

警察署までたどり着けそうもない理由に気づいて、梨花が悲鳴をあげた。

バンコク名物、ラッシュアワーの大渋滞だ。テールランプの赤い光が、四車線の道路を隈《くま》なく埋め尽くしている。信号は一応青だが、動く気配はまったくない。

アキは舌打ちとともにハンドルを切り、横道《ソイ》へと車を突っ込ませた。道を横切ろうとしているバーミーの屋台と鉢合わせ、痩《や》せた男が屋台を放り出して逃げていく。ブレーキは間に合いそうもないので、アキは覚悟を決めてアクセルを踏んだ。

「ぎゃあぁぁぁぁッッ!!」

梨花の絶叫が車内に響きわたった、次の瞬間――

ドガン!!

脳髄《のうずい》を貫くような衝撃と共に、車は正面から屋台に突っ込んだ。

板切れを張り合わせただけの簡素な屋台は、木っ端《こっぱ》となって千切れ飛んだ。麺《めん》やネギが宙を舞い、白い陶器の丼《どんぶり》が粉々に砕け散る。乳白色のスープを散らしながら転がった大鍋は、バンパーで撥ね上げられて歩道を三度もバウンドした。

「やば……」

梨花はおそるおそる、車の背後をうかがい見た。屋台の持ち主の男が怒りの形相で腕をふりまわしている。その横を三台のバイクがすり抜けて、しつこくアキたちを追いかけてくる。

アキは片手ずつ手汗をジーパンに吸わせて、ハンドルを握りなおした。

このまま走っていればいつか死ぬ。でも車を停めたら殺される。

いつの間にか外は暗くなり始めていた。ただでさえ薄暗い視界の中、フロントガラスに張り付いた麺が邪魔で仕方ない。アキがハンドルから手を放すより早く、後ろから伸びてきた腕が代わりにレバーを引いた。

ディディだ。芳樹が屋台との衝突に気を取られた隙に、腕から抜け出たらしい。

ワイパーが麺を拭《ぬぐ》い去ると、ディディはレバーを戻して言った。

「左に曲がれ。あいつらもバンコクの道には詳しくない。裏道に入ったほうが振り切れる」

「はぁ⁉　お前の言うことなんか聞くわけねーだろ！」

芳樹が喚くが、どうせ横道《ソイ》はもうすぐ突き当たりだ。悩んでいる時間はない。アキは言われるがまま裏道に入り、すぐに後悔した。

想像していた百倍、道が狭い。

出会い頭にいきなり路駐のスクーターに接触して、右のサイドミラーが弾け飛ぶ。左側ではタイヤがきれいに咲いていたプランゲーオの植木鉢を粉砕し、サイドミラーは軒下《のきした》に吊るされていた洗濯物に引っかかって紐《ひも》ごと引きちぎった。突然あらわれた暴走車に、地面に王冠を並べていた子供たちが慌《あわ》てて散っていく。やばいと思う間もなくすぐにT字路だ。

「左！」ディディに指示されるがまま左に曲がれば、今度は十字路。

「スピードを落とすな！　右だ！」

簡単に言うな。何キロ出てると思ってるんだ。アキはほとんどヤケクソでハンドルを切った。右、左、左、直進。曲がるたびに塀やら壁やらを破壊しながら、入り組んだ住宅地をピンボールのごとく爆走していく。

「なあ、この道失敗じゃねぇ⁉　どう考えても四輪車進入禁止の道幅ですけど⁉」

「次で右に曲がれば大通りに戻れます！」

梨花が、この揺れの中でなんとか地図アプリを起動して叫ぶ。

さすがにバイクは撒いたか？

ちらりとルームミラーに目をやって、アキの期待は儚《はかな》くも打ち砕かれた。角から飛び出してきた黒いバイクはまだまだ元気で、しかも道が狭い分あっちに有利だ。

前方に十字路をとらえ、こんな場合だがアキは律義にウィンカーを出した。梨花の言う通り、大通りに戻ったほうがいいだろうと判断したのだが――

「いや、直進しろ！」

ディディが怒鳴り、後部座席から身を乗り出してウィンカーを消した。

「大通りは渋滞してる。戻ったら絶対だめだ！」

「じゃあどうすんですか⁉」

怒鳴り返したのは、梨花だ。「このままこのクソみたいに細い道を走り続けろって言うんですか⁉」

「そうだ」

きっぱりと言い、ディディはルームミラーごしにアキを見つめた。「まっすぐだ、アキ。このまま進め」

誰が信じるか。全員道連れにして崖に突っ込もうとしていたやつのことを。

と、平常時ならそう言い返しただろうが、残念ながらアキはまったく冷静ではなかった。

脳内が熱く火照《ほて》って、どうしたらいいのかなんてもう見当もつかない。

「曲がれ！」

ここで⁉

言うのが遅すぎる。舌打ちしてハンドルを切ると、いきなり視界が開けた。川だ。

両岸に軒がせり出す小さな運河に、蒲鉾《かまぼこ》板のような橋がかかっている。爆走車が短い橋を渡り終える直前、ディディは梨花の膝の上に身を乗り出して、後部座席のドアを開けた。

「へ」

ぽかんと口を開けた梨花は、次の瞬間、ディディに蹴り飛ばされて宙を舞った。悲鳴を上げる間もなく橋桁《はしげた》を越え、ぼちゃんと運河の中へと落ちていく。

「梨花！」

「左に曲がれ！」

橋を渡りきった先はまたT字路だ。梨花の安否を気遣う間もなく、アキは車を左折させた。

「この先はチャオプラヤ川だ。車で突っ込むぞ」

「はぁ⁉　てめえ正気か⁉」

芳樹がぎょっとして叫んだ。「死んだら意味ねえだろ！」

「ちゃんと脱出すれば死なない。スピードを上げて、少しでも沖に突っ込むんだ。船着場に近いところじゃ、あいつらに見つかる」

アキはじりじりとハンドルを握りなおした。速度計の表示が正しいのなら、現在の車の速度は八〇キロ。どう考えても、水の変形は追いつかない。

「……水面に突っ込んだ時の衝撃だけで、相当だぞ」

「大丈夫。エアバッグはついてる」

「作動するわけねーだろ、こんなオンボロ車！」

芳樹が怒鳴るが、アキは覚悟を決めて、ポケットに突っ込んでいたスマホをチャックのついた内ポケットの中へ移した。エアバッグは期待できないが、後部座席の衝撃は運転席より幾分マシなはずだ。最悪、芳樹だけでも無事に降ろせればいい。

アクセルを強く踏み込む。九〇キロ、一〇〇キロ、一一〇キロ——速度計は、みるみる振りきれていく。心臓がバクバク鳴って、髪の毛まで逆立ちそうだ。

「掴まれ！」

テトラポッドが目の前に迫った次の瞬間、車は空を飛んだ。

ふわりと、内臓が浮き上がる。心底不快な浮遊感の中で、アキは車のライトを消した。フロントガラスいっぱいに真っ黒な海が見え、次の瞬間、ドンと衝撃が来る。胸を激しく圧迫するのは、奇蹟《きせき》的に開いたエアバッグだった。車内はみるみる水に満たされ、車はあっという間に沈みきって川底にぶつかった。

シートベルトを外し、開けておいた窓から外に出る。あたり一面、真っ暗だ。目を凝《こ》らしても、小さな泡が暴れるばかりで、上も下もわからない。

上着とシャツを脱ぎ捨てベルトを外したら身体が軽くなって、自然と浮き上がった。

「……っはぁ！」

川面《かわも》から顔を出して、初めて自分が酸素を求めていたことに気がついた。

黒々とした水面が、ビルの明かりを反射してちゃぷちゃぷと揺れている。芳樹とディディは脱出できただろうか。

港のほうへ首を巡らせると、二人が平泳ぎでアキのほうへ泳いでくるのが見えた。

「無事だったか……」

ほっとしたら、周囲に立ち込める不穏な臭気が気になり始めた。ムカデを醸造《じょうぞう》したような、いやな臭い。昼間に見たチャオプラヤ川の水の色を思い出し、吐き気がこみあげてくる。こんな川、早く出たいが、船着場に上がったらバイクの奴らと鉢合わせする。

アキは身をひるがえし、芳樹とディディと共に、真っ暗な川中に向かって泳いだ。

水温は冷たくはないが、手足が鉛《なまり》のように重い。すでに散々体力を使ったあとだ。疲れきった本能は、明かりの灯《とも》る船着場に戻りたがっている。何より水が臭い。この水温なら、きっとかなりの数の微生物がいるはずだ。鞭毛虫類《べんもうちゅうるい》のペラネマやエントシホン、場所によっては嫌気性細菌もいて、水中の硫酸塩を分解しているかもしれない。だとしたら、ベギアトアが溜まっている可能性もあるか――

この非常時についつい微生物へ思いを馳《は》せていたアキは、キッとタイヤが軋《きし》むかすかな音を聞きつけ、動きを止めた。

「ヤツらが来た」

例のバイクが三台、船着場に停まっている。男たちが、水面に浮かんだ車の部品をライトで照らしているのが見えた。しばらく見ていると、そのライトが、くるくると水面をさまよい始める。アキたちがいないか探しているのだろう。

アキは、立ち泳ぎしながら芳樹やディディとくっつきあい、小さくまとまって息をひそめた。湖に飛びこんでキツネをやり過ごそうとするウサギのような気分だ。お互いの息遣いが震えているのがわかる。

ライトの明かりが顔のすぐ横を照らし、アキたちはますます身を縮こめた。こんな場所で銃撃されたら、逃げようがない。沈まずにいるだけで精一杯なのだ。早く、早く行ってくれ――

やがて、バイクのエンジン音が聞こえた。一台、二台、三台。音が遠ざかるのを待ってから、三人は無言で、全速力で船着場まで泳いだ。ようやくたどり着き、重たい身体でテトラポッドの上まで這《は》い上がったときにはもう疲労困憊《こんぱい》だ。

「っはぁ……ハァー……」

安心したら、余計にどっと疲れた。耳の後ろや、脇の下や、身体のあちこちで血管が痛いほど暴れている。川の水はあいかわらず臭いけど、もうどうでもいい。

「ディディ、一つ教えてくれ」

アキは、隣で同じようにへばっているディディに問いかけた。

「どうして僕たちを助けてくれたんだ」

「たいした理由じゃないよ」

ディディは力の抜けた声で答えた。

「俺は任務に失敗した。ウォンプアハンは俺の家族に報酬《ほうしゅう》を払わない。だから、お前たちを殺すのをやめた。……それだけだ」

「じゃあどうしてエレファントキャンプを出てすぐに近くの崖へ突っ込まなかった？　ウォンプアハンにはそう指示されてたんだろ？」

ディディは片眉を上げてアキのほうを見た。なぜそのことを知っているのかと言いたげだ。

「エレファントキャンプの周辺一帯はウォンプアハンの土地だって教えてくれたじゃない

か。事故を起こすなら、自分の土地でやったほうが何かと便利なはずだ。俺がウォンプアハンなら、キャンプを出てすぐに崖に突っ込むように命じる。きみが言われた通りにしなかったからバイクの連中が追いかけてきたんだろ？」

ディディはたっぷり数十秒も黙ってから、絞り出すように言った。

「……あんな、誰もいない場所に落ちるのは、もったいない」

「もったいないって、どういうこったよ」

ディディは上半身を起こし、冷ややかに芳樹をにらみつけた。

「どうせ飛ぶなら、故郷の近くが良かった。つぶれた車は宝の山だ。高く売れる部品がたくさん眠ってる。警察はウォンプアハンに金をもらってるから俺たちの死体を引っ張りだしたらそれで終わりで、事故車をわざわざ引き上げたりしない。残りは拾った人間のものになる」

「でも、その車のせいで君は命を失うことになるんだろう。そんな物を残されて、君の家族がうれしいはずがない」

ディディはアキのほうをちらりと見て、すぐに目を逸《そ》らした。

「日本人にはわからない。ゾウのクソなんか調べようなんて余裕のあるやつは、生きてくのに困ったことなんてないんだろ」

違う、とアキは喉《のど》の奥でつぶやいた。

余裕があるから科学者になったんじゃない。逆だ。世界に対してもどかしい気持ちがあるから、もっとよくしたいと思ったから、科学者になった。だって、ディディの言う〝クソの中にいる微生物〟は、世界を劇的に良くする可能性を秘めているのだ。目に見えなくて、認知できないから、取るに足らない存在だと思っているかもしれないけど。

「アキ先輩！」

どれくらい時間が経《た》ったのか、頭の上のほうで聞きなれた声がした。目玉を向けると、テトラポッドから身を乗り出した梨花が、血の気の引いた顔でこちらをのぞきこんでいる。

「芳樹さんも！　無事だったんですね！」

「いや、生きてるのが信じられないよ……」

今さらのようにつぶやいて、アキはのろのろと身体を起こした。ディディはいつの間にかいなくなっていて、濡れた足跡が桟橋《さんばし》のほうへと続いている。芳樹もひょいっと弾みをつけて起き上がると、ぐるんと首を回した。

「長《なげ》ェ一日だったな」

5

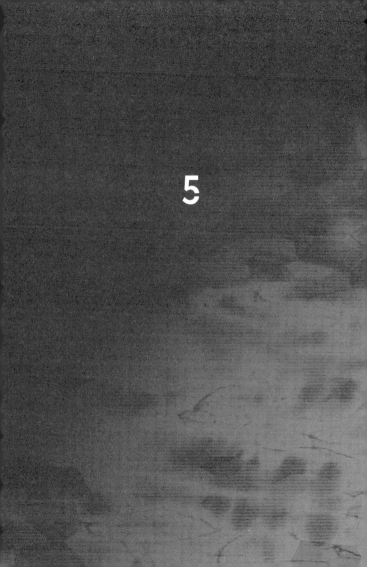

「ふ――――っ……」

熱いシャワーを頭から浴びて、アキは長いため息をついた。気持ちよすぎて涙が出そうだ。バスタブにお湯を張って肩までといわず頭まで浸かりたかったが、芳樹《よしき》を待たせているので長風呂はできない。

忙《せわ》しなくシャワーを終え、露店で買ったジャージに着替えてバスルームを出ると、シングルベッドが二つ並んだ寝室の窓際で、同じくジャージ姿の芳樹が窓の外をうかがっていた。

「あやしい車とかはなさそうだぜ。この辺静かだから、車とかバイクが変な動きしてたらかなり目立つ」

「やっぱり宿を変えて正解だったな」

車に乗る前に一泊五百円の安ドミトリーを予約していたのだが、今この状況でセキュリティのゆるい宿に泊まるのはさすがに憚《はばか》られ、中心部から少し外れたバンチャーク駅前のアパートホテルに変更したのだった。たまたま空いていた2ＬＤＫの部屋は十分すぎるほど清潔で、ファシリティも充分だ。

二人がリビングに行くと、部屋着に着替えた梨花《りか》が、ドライヤーをがーがー鳴らしながら濡れたお札を乾かしているところだった。

「財布、無事だったのか。よかったな」

梨花は「ディディのおかげですね」と苦笑いした。

「スマホはやっぱダメでしたけど、何よりパスポートが無事でよかったです」

荷物の大半が車と一緒に沈んだアキや芳樹と違い、梨花は自分の荷物のほとんどをキープすることができた。車から蹴《け》り出される直前、後部座席に置いていたカバンをディディに押しつけられたのだ。

「ディディも、よくわかんねーやつだな」

ケトルのお湯を沸かしながら、芳樹が言う。「俺たちを殺そうとしたくせに、助けたりして」

「どこに行ったんですかね。エレファントキャンプにはさすがに戻れないでしょうに」

アキは、テーブルの上に三つ並んだパスポートを手に取った。ラッキーなことに、三人分のパスポートは金庫から出したまま、梨花がまとめてカバンの中に入れていたのだ。アキと芳樹のスマホも、防水仕様のおかげでなんとか無事だった。

ぴー、とケトルが沸騰《ふっとう》の合図を鳴らす。ティーバッグのお茶を淹《い》れ、三人は改めてリビングのテーブルに額を寄せ合った。

「これから、どうしましょう」

熱い紅茶をひと息に飲み干すと、梨花が重々しく切り出した。「ディディの言うことを信じるなら、ウォンプアハンが私たちの命を狙ってるってことですよね」

「なんで善良な日本の研究者がタイの実業家に狙われなきゃいけねーんだよ。なんもしてねえだろ、俺たち」

「一応聞くけど、滞在中にウォンプアハンの恨みを買うようなことはしてないんだよな？」

アキが芳樹を見ながら言うと、梨花もつられて視線を向けた。

「二人して俺を見んじゃねえよ。何もしてねえっつの。大体、ウォンプアハンも象使いの連中も、あっちのほうから俺たちを避けてたじゃねーか。嫌う前に接点がねーよ」

それはその通りだ。

「ウォンプアハンはお金持ちだし、強盗目的ってこともないですよねえ……。あのバイクの連中、あきらめてキャンプに帰ってるといいんですけど……」

「帰りの飛行機は、明後日《あさって》の昼だろ。それまでここに篭《こも》ってりゃあ安全なんだろうけど、明日は警察に行かなきゃなんねーんだよな～」

芳樹はぐでっと椅子《いす》の背にもたれた。

そもそも、その出頭命令が本当に出ているのかすら怪しい。アキたちを車に乗せるための嘘《うそ》という可能性もある。

「……警察署には僕と芳樹で行くから、梨花はホテルにいてくれ。全員で来いなんて言われてないし、事情聴取だけなら二人で十分だろう」

「でも……」

「いいから。ホテルで待っててくれ」

強い口調で言われ、梨花は「わかりました」と仕方なしにうなずいた。

「追われたこと、警察に言うんですか?」

アキは少し考えた。

「……黙ってたほうがいいだろうな。エレファントキャンプに捜査が入れば研究どころじゃなくなるし、ウォンプアハンが仕掛けてきたという証拠もない。それに……」

「あー、だいぶ壊したもんな、いろいろ。車も不法投棄したし」

アキは硬い表情でうなずいた。

車の中には今もアキと芳樹の私物が入っている。服だの洗面用具だのは何も惜しくないが、問題はトランクに積んだサンプルだ。仮に海に潜って回収したとしても、水に浸かってしまっては、使い物にならないだろう。

「もう一度エレファントキャンプに戻るわけにはいかないかな……」

アキがぼそりとつぶやくと、芳樹と梨花がぎょっとした表情になった。

「先輩、何言ってるんですか⁉」

「あ、いや、戻ればサンプルをまた採れるから……」

慌《あわ》てて説明するが、二人の表情は険しいままだ。

「あきらめろって。ノコノコ戻ったら今度こそ殺されるぞ」

「サンプルを採取する方法は日本に帰ってから考えましょう」

口々に説得され、アキはしぶしぶあきらめた。自分一人なら無理やりにでも戻ったかもしれないが、これ以上、関係のない芳樹と梨花を巻き込むわけにはいかない。

もう十分巻き込んでいる気もするが。

■

翌朝。

ホテルの前でタクシーを拾い、アキと芳樹は指定された警察署へと向かった。昨夜決めた通り、梨花はホテルで留守番だ。

怪しい車やバイクに尾けられていないかと一応周囲に気を配ったが、それらしい車両は見当たらなかった。相変わらず混雑した大通りを抜けて、一時間ほどで目的地に到着する。

中央警察署は、サパーンタクシン駅近くを流れる川の岸辺に建っていた。

「この川、あれだよな。昨日俺たちが落ちた……」

明るいところで見るとますます汚い。黄土色にぬめった水の流れから目を逸《そ》らすようにして、アキたちは足早に警察署の中へと入った。

受付にいた若い男に、出頭命令に従って来訪したことを告げると無視された。どうやらスマホゲームがいいところらしい。しばらく待っていると、切りのいいところで中断してくれた。

「アキ・コバヤシ……出頭命令なんて出てないぞ。お前たち、なんの容疑がかかってるんだ？」

「ゾウの耳を切ったと」

アキが答えると、男は「ゾウの耳？」と眉をひそめた。

「おいしくないぞ」

知るかよ、と芳樹が思わず日本語で突っ込む。

「本当にゾウの耳を切ったなら、今頃とっくに逮捕されてるはずだ。何かの間違いじゃないか。地方の警察はみんな適当だからなぁ」

お前が言うなと思いつつ、アキは芳樹に目配せした。やはり出頭命令が出ているというのは嘘だったのだ。

そのとき、エントランスのドアが派手に開いて、大勢の男たちがぞろぞろと入ってきた。みんな汗だくになって、模造紙に包まれた大きな荷物を両腕に抱えている。

「おい、こっちは表玄関だ！　搬入口《はんにゅう》に回れ！」

受付の男が居丈高《いたけだか》に怒鳴りつける。慌てて踵《きびす》を返した先頭の男が抱えていた荷物を床に落として、ゴン！　と鈍い音が響きわたった。

模造紙の隙間《すきま》からちらりとのぞいたのは、象牙《ぞうげ》だ。

「気をつけろ！　それは大事な証拠品だぞ！」

続けざまに怒鳴られ、男は「すみません、すみません」と謝り倒しながら、象牙を包みなおした。

「あの荷物は？」

「密輸品だよ。昨日、バンコク市内でブローカーが捕まったんだ。ミャンマーから仕入れたと証言してるらしいが、どこまで本当やら」

「そうですか……」

アキは曖昧《あいまい》にうなずいて、そそくさと去っていく男たちの背中を見送った。

逮捕されたブローカーの男は、おそらく嘘をついている。あの象牙は、ミャンマーから仕入れたものではないはずだ。

先頭の男が落としたとき、模造紙の隙間からわずかに見えた象牙。

確かに、赤みがかっていた。


「あー、よかったー！」

警察署を出るなり、芳樹はほっとして脱力した。

「やっぱ出頭命令なんて出てなかったな。よかった、よかった。俺、タイで有罪判決とかなったらどうしようかと思ったもん」

「ああ」

答えるアキは上の空だ。気にかかるのは、密輸品だというあの象牙のこと。

「あの象牙は、ミャンマーから輸入されたものじゃない」

バス停に向かって歩きながら、アキはゆっくりと言った。

「は？　なんでわかんの？」

「彼らが運んでいた象牙、赤く変色してたのに気づいたか?」

「そうだったっけ」

芳樹はどうでもよさそうに首をひねった。「覚えてねえけど、赤くなってたとしても別に普通だろ。プリチャの象牙だって、ちょっと赤っぽかったし」

「いや、普通じゃない。牙が赤くなるのは、ウォンプアハン・エレファントキャンプのゾウだけだ」

アキはポケットからスマホを出すと、エレファントキャンプで撮影した写真を芳樹に見せた。

「あー。この木、これ、あれじゃん。プリチャがよく皮を食ってたやつ。枝は薪《まき》になるんだっけ」

「よく燃えるのは油分を多く含むからだ。研究棟にあった図鑑を読んだけど、この木はジョンリといってエレファントキャンプ周辺にのみ生息する固有種なんだ。雨季が終わると、赤色の小さな実を結ぶ。実を食べたゾウの体内にはカルテノイドが蓄積され、象牙が少しずつ赤味を帯びる」

「ジョンリが生えてる山にしか、赤い象牙のゾウはいねーってことか」

「そう。そして、赤い象牙のゾウの体内には、必ずメチロコカス・オパカスがいる」

芳樹が足を止めた。

「プリチャ、アンポーン、タンサニー……確かにみんな、象牙が赤みがかっていたな」

「おそらくジョンリの皮にはメタンガスに似た分子構造の成分が含まれてるんじゃないかな。ゾウが皮を食べるとメチロコカス・オパカスがその成分を油脂《ゆし》に変換して、体外に排出するとか」

実際にジョンリの皮を調べたわけではないが、アキはこの仮説に自信を持っていた。メタンガスを変換するという特殊な能力を持つ微生物がゾウの糞《ふん》の中にいた理由も、これならすべて説明がつく。

ここまで来てようやくアキの言いたいことに気がつき、「おい、待てよ」と芳樹は顔色を変えた。

「警察署にあった象牙は、ウォンプアハンが密猟したってことか⁉」

「声がでかい！」

注意したアキの声のほうが大きい。忌々《いまいま》しげに咳《せき》ばらいをして、アキは声を潜《ひそ》め直した。

「ウォンプアハンは象牙の密輸に手を染めていた。だから僕たちを追い出そうとしたんだ」

「じゃあ最初っから拒否っときゃいいだろ。なんでわざわざ受け入れの許可を出したんだよ」

「研究者の受け入れは金になるからじゃないかな。冷遇して適当に追い払うつもりでいたのに、僕たちが赤い象牙を持つゾウを調べようとしたから、密輸に気づかれたと勘違いして始末しようとしたんだ」

「なるほどねー」

芳樹は頭の後ろで手を組むと、ニヤリとした。「こりゃチャンスだな。そのネタで、ウォンプアハンを強請《ゆす》れる」

「え？」

言っている意味がわからず、アキは眉根を寄せた。

「なんだよ、その顔。まさか、バカ正直にウォンプアハンのことを通報する気でいたんじゃないだろうな？」

「いや……僕は……」

アキは言葉に詰まった。バカ正直に通報する気満々だったのだ。ウォンプアハンを強請るなんて――そんなこと、考えたこともなかった。

「よく考えろよ」

黙りこんだアキに、芳樹は真顔で忠告した。「ウォンプアハンが捕まれば、エレファントキャンプは閉鎖だ。すべてのゾウは警察の管理下に置かれて調査どころじゃなくなるぞ。

俺たちは、どのゾウがメチロコカス・オパカスを持ってるかってとこまで目星をつけてるってのに、全部パアだ」

そんなことをするくらいなら、象牙取引について警察にバラすとウォンプアハンを脅して、研究に協力させたほうがいい――という芳樹の主張は、言われてみれば確かに道理だった。倫理的にどうかはさておき。

この研究の成功は、世界を劇的に変える可能性を秘めている。犯罪を見過ごすことは社会道徳に反するが、科学の進歩の前には些細なことなのかもしれない。

「南極に行きてえんだろ。できることは全部やれよ」

「それは……」

アキは迷いながら視線を逸らした。自分がどうしたいのかわからなくて、すぐに言葉が出てこない。

戸惑うアキの様子を冷たく見つめ、芳樹は片手を挙げてタクシーを停めた。

「先にホテルに戻ってる。お前は頭冷やしてから来い」

■

アキは、アクリルガラスの手すりにもたれ、眼前に広がる遠景をぼんやりと眺めていた。

三一四メートルの高さから見下ろすバンコクの街並みは、ずいぶんと穏やかだった。喧《けん》噪《そう》も活気も雑味も、大気の底に沈んでじっとしている。チャオプラヤ川の川端には真新しい高層ビル群が、川を渡れなくて途方に暮れるヤギや農夫のように頼りなく佇《たたず》んでいる。

芳樹にああ言われた手前ホテルに戻ることはできないが、かといって行く場所もない。どうしたものかと考えているうちに、なんだか高い場所に上りたくなって、適当に拾ったタクシーの運転手にどこでもいいから展望台に行ってくれと頼んだら、このマハナコンタワーへと連れてこられたのだった。

中層階が部屋ごとに飛び出た不思議なデザインのこのビルは、遠目にはブロックを積み重ねて作ったようにも見える。バンコク市民からは「ジェンガビル」の愛称でも親しまれているらしい。

そういや、デンマークにいたころ、同じ大学に通ってた彼女とジェンガしたな。僕、実はやったことなくて、ジェンガ抜くのに両手使っちゃったっけ。

現実逃避のようなことを考えるアキの前髪を、地上から吹き上げた風がさらっていく。

「……」

自分はどうすべきだろう。

象牙取引に目をつぶり、メチロコカス・オパカスの研究を続行する交渉材料に利用するか。それとも、一も二もなく警察に通報するか。

芳樹の言う通り前者を取れば、研究は前進する。きれいごとだけでは科学は進歩しない。目的のためには手段を選んでいられない時もあるはずだ。それでなくとも、ウォンプアハンにはすでに一度殺されかかっている。正攻法が通じる相手とは思えない。

そう、頭ではわかっているのだ。ウォンプアハンと取引すべきだと。

だけど、どうしても踏ん切りがつかなかった。感情は真逆のことを望んでいる。

パウー、とどこからか聞き覚えのある鳴き声が聞こえてきた。驚いて振り返ると、バーエリアの壁に埋め込まれたテレビに、タイの観光地をＰＲする動画が流れている。

びっくりした。こんなところにゾウがいるのかと思った。

「バンコク郊外にあるウォンプアハン山《ウォンプアハン・ド・ノイタイ》の中腹に作られたウォンプアハン・エレファントキャンプは、ゾウの保護と研究を目的として、実業家ウォンプアハンによって私設されました……」

ＰＲ動画の音声を聞きながら、アキは目の前に広がる街並みを眺めた。

ここから見える景色は、新しくてきれいなものばっかりだ。磨き上げられた高層ビル。整備された大通り。華やかに見えるけど、現実はここからの景色よりずっと複雑で味気ない。高層ビルの中には労働に疲れたサラリーマンがぎっしりと詰まっているし、大通りを彩る車の中ではドライバーが渋滞にイラついている。歩道の敷石には真っ黒い雨水が溜まり、排気ガスまみれの果物を売る露天商がお釣りをチョロまかそうとして客から怒鳴られている。

小さくて見えないからといって、彼らが存在していないことにはならない。微生物も一緒だ。目に見えなくても、確かにそこにいる。取るに足らない極小の有機体が個々に動き、複雑に作用しあうことで、この世界は成り立っている。そして、その世界の有様を、人間はまだほとんど解明できていない。

メチロコカス・オパカスは、きっと人類史を変えるだろう。だからこそ、今は研究を最優先に考えるべきだ、ウォンプアハンのことを警察に通報したところで何かが大きく変わるとは思えない。メチロコカス・オパカスの培養《ばいよう》は、目先の良心を優先させてほんの数十頭のゾウを救うより、よっぽど意味のあることだ。

――でも。

アキはもう一度、壁のテレビを振り返った。仲間と一緒に水浴びをするゾウの映像が流れている。子ゾウの吹き上げた水が虹を作り、宝石のような水滴がきらきらと散った。

どうしてもプリチャを助けたい。その思いを捨てきれない。

南極に行くためなら何でもする覚悟でいたのに、科学者としてできることはすべてしようと決めたのに。もしもここでプリチャを見殺しにしたら、きっと自分を一生許せない。自分のことだからわかるのだ。これは抜いたらダメなピースだと。ジェンガの塔はきっとすべて崩れる。全部。土台から。

「ごめん」

アキはかすれた声でつぶやいた。芳樹に、梨花に、浜田《はまだ》教授に。そして、メチロコカス・オパカスを日本に持ち帰れると信じていた、昨日までの自分に。

■

展望台を下りたアキは、その足で警察署へと戻った。

「象牙取引について、重要な情報を匿名《とくめい》で提供したい」

できれば英語の流暢《りゅうちょう》な人につないでほしい、と付け足すと、受付の男はどこかへ内線をかけ、「一番英語の上手《うま》いやつにつないだから、ここに行け」とレシートの裏面に部屋番号を書いてよこした。

言われるがまま指定された部屋で待っていると、姿を見せたのはまさかの警察署長だ。

面食らうアキに、「私が一番英語が上手い」と署長は得意げに胸を張ってみせた。

まあ、象牙取引を止められるならなんでもいい。赤い象牙の出所とウォンプアハンの所業について、アキは事細かに説明した。ただ、自分たちが命を狙われたことは伏せた。話せば事件の直接の関係者とみなされ、タイに留まらなければならなくなるかもしれない。

知っている情報をすべて提供し、警察署を出たころにはもう夕方だった。西の空はピンク色に滲《にじ》み、低い位置から差し込む日差しは卵黄のようなオレンジ色を帯びている。

駅に向かって、狭い歩道をゆっくりと歩いた。人通りはまばらだ。客待ちのバイクタクシーが数台と、あとはなぜか雨合羽《がっぱ》を着た男が路上喫煙をしているくらい。

歩道のすぐ隣にはチャオプラヤ川が流れ、エクスプレス・ボートが通勤帰りの人々を運んでいる。波の動きを目でなぞりながら、アキは芳樹へと電話をかけた。

「芳樹。……ごめん。象牙のこと、警察に通報した」

開口一番にそう告げると、案の定『は?』と冷たい声が返ってきた。

『なんで一人で勝手に結論出してんの?』

「勝手な判断で、悪いと思ってる。……でも、ダメなんだよ」

声がよじれそうになり、アキは喉《のど》に力を入れた。「どうしても見過ごせない。お前の言いたいことはわかってるけど、でも、僕は……」

ドンと何かにぶつかって、アキは足を止めた。顔を上げると、さっきの雨合羽の男が目の前に立っている。

続けざま、脇腹に鈍い衝撃を受けた。

「……え？」

男の握るナイフが、深々と脇腹に刺さっている。

一拍遅れて激痛が脳天を貫いた次の瞬間、男はナイフを勢いよく引き抜いた。血しぶきがあがり、男の雨合羽を濡《ぬ》らす。急激に血圧が落ち、立っていられなくなって、アキはくらりと身体《からだ》をのめらせた。男がナイフを振りかぶる。

「マジか……ッ」

とっさに身体をひねらせたアキの肩をナイフの刃が浅く裂いた、気がするが、身体が熱くてよくわからない。暗い視界のあちこちで、銀色の光がスパークする。朦朧《もうろう》とする意識を必死に保ち、なおも襲いかかってくる男をアキは渾身《こんしん》の力で蹴り返した。

歩道に倒れこんだ男はすぐに身体を起こし、再びアキに向かってくる。ぶんと真横に薙《な》ぎ払われた切っ先を、身体を反らせて何とかかわす。

「……はぁっ……ハッ……」

ふらつきながら後ずさったアキの背中に、トンと何かが触れた。バイクだ。ドライバーは道路の反対側まで避難して、おびえた表情でアキたちの様子をうかがっている。男が叫び声をあげながら、飛びかかってくる。

「借りるよ」

口の形で告げ、アキはアクセルを握った。

借りると言ったが、多分返せない。

どこをどう走ったのかも覚えていないが、気がついた時には、ひと気のない路地裏にいた。バイクにしがみついているのも、もう限界だ。合皮のシートが真っ赤に染まっている。

……これ、僕の血か。

その場にバイクを乗り捨て、アキはふらふらと薄暗い路地を進んだ。

気を緩める間もなく背後からバイクのエンジン音が聞こえてきて、塀にもたれ腹の傷を隠すようにしてしゃがみこんだ。バイクはアキに気づきもせずに通り過ぎていく。

ほうっと安堵《あんど》のため息をつくと、感覚のなくなっていた脇腹に再び激痛が走った。

「はっ…、ハァっ、はぁ……」

アキはずるずると身体を起こし、塀に手をつきながら、少しずつ路地裏を進んだ。さっきまであんなに体中熱かったのに、今は寒くて仕方がない。さっきのドライバーに助けを求めるべきだっただろうか――

周囲に人の気配はない。すでに日は沈みかけ、あたりには薄闇が淀《よど》み始めている。

「っはぁ……は……っ……」

重たい身体を引きずっていたアキは、ふと足を止めた。前方で、ガラスの箱が白い光を放っている。

電話ボックスだ。

汚れてすっかり茶色くなったガラス戸を押し開けると、電話の上で丸くなっていた猫が足元をすり抜けていった。中に入り、ガラス戸を背中で閉める。そのまま電話機の上にぐったりともたれると、熱で揺れる視界に錆《さ》びついたボタンがぼやけた。

「あー……」

手探りで受話器を探したが、あるべき場所にない。ふと視線を落とせば、コードの先が千切れている。

壊れてるのかよ。

アキは電話機に血の跡をつけながらずるずるとその場に座り込んだ。コンクリを固めただけの床は水はけが悪く、泥水が溜まってひどい臭いがする。

「はぁっ……ぐ、う……っ」

荒い息を押し殺し、震えそうになる身体を押さえつけて物音を立てないように努めた。

誰かが追いかけてくる気配はない。というか、誰もいない。そのうち、身体の震えが押さえられなくなった。身体の芯がガタガタと震えて、ひゅうひゅう鳴る喉の音が頭の奥に響きわたる。

アキは身体を折り曲げて咳《せ》き込んだ。

気を抜くと薄れそうになる意識の中で、こんなところで死ぬわけにはいかないという強い意志だけが、火鉢の炭のように熱を抱いていた。

こんなところで死ぬわけにはいかない。

まだ、メチロコカス・オパカスの培養に成功していないのだから。

■

「……は?」

芳樹は、切れたスマホを握りしめたまま、呆然《ぼうぜん》としていた。

アキと電話で話していたら、突然電話の向こうで争うような物音が聞こえてきて、見知らぬ男の雄叫《おたけ》びを最後に電話が切れた。かけなおしてもつながらない。ホテルにいる梨花に連絡を入れると、アキはまだ戻っていないという。

何かあったと思うのが普通だ。梨花には部屋から出るなと伝えて電話を切り、芳樹はSNSのアプリを開いた。「喧嘩《けんか》」「暴力事件」「バンコク」というワードを翻訳《ほんやく》アプリで調べ、タイ語に直して検索をかけたら、すぐにたくさんの投稿がヒットした。もちろん全部タイ語なので再び翻訳アプリにかけたところ、どうやらサパーンタクシン駅で男が刺される事件があったらしい。昨晩目撃された暴走車の噂《うわさ》と併せて、ギャング同士の抗争だとか大企業の陰謀だとか何とかまことしやかな憶測がタイムラインを飛び交っている。

サパーンタクシン駅に行ってみることに決め、芳樹は文字通り摑《つか》んで停めたタクシーに飛び乗った。

――刺された男を見たって友達が言ってる。日本人か韓国人か中国人。とてもイケメンだったたって！

車内でそんな投稿を見つけた。アキだ。間違いない。

サパーンタクシン駅の入り口の前には人だかりができていた。

「おい、刺されたやつはどこに運ばれた⁉」

「มีคนถูกมีดฟัน」

近くにいた少年につい日本語で話しかけてしまい、タイ語を返される。

「英語で話せ、英語で！《Talk to me in English》　刺された男はどこだ！《Where is the victim》」

最初に日本語で話しかけたのは自分だが、冷静ではいられない。いきなり語気を強める芳樹にあからさまに気を悪くしつつ、少年は肩をすくめて言った。

「He's……gone」

He's gone――死んだ？

身体から一気に血の気が引いた。そんな。まさか。

「Is he……dead?《死んだのか？》」

呆然として聞くと、少年は「No, No, No!」と慌てて首を振った。

「He's alive. He's gone to somewhere」

そう言うと、少年は何かにまたがるジェスチャーをしながら「On a bike!《バイクで》」と付け足して、横道《ソイ》を指さした。

芳樹の身体から力が抜ける。ほっとして視線を下げたら、一段高くなった歩道の陰に隠れるようにして、何かが落ちていることに気がついた。シリコンケースに入ったスマートホン。アキのだ。

スマホを握りしめたまま、気がついたら芳樹は駆け出していた。

　少年が指さした横道に入るが、アキの姿はない。しかも、道が二つに分かれている。勘で右に進み、道なりに角を二度曲がったら、なぜか元の場所に戻ってしまった。

　どうなってるんだ、この町は。おまけに雨まで降ってきた。

「アキ、どこだ！　アキ！」

　路上にカオソイの屋台を出した女が、一人で怒鳴る芳樹に不審そうな視線を送る。芳樹はぬかるんだ地面の上を再び走りだした。やみくもに動き回っても意味がないと頭ではわかっていても、じっとしていられない。

　落ち着け。夕方はラッシュアワーの時間帯で、大通り《スクンヴィット》は渋滞してたはず。バイクに乗っていたのなら、横道《ソイ》に抜けたはずだ。刺された身体で遠くまで行ったはずがない。俺ならいったん相手を撒《ま》いたらバイクを捨てて、どこか見つかりづらいところに身を隠す。民家の中とか、屋台とか……。

　芳樹は来た道を引き返し、カオソイの屋台のある場所まで戻った。彼女がこの近くで店を出していたのなら、逃げるアキの姿を見たかもしれない。

「この男を見なかったか？　怪我をしてるはずなんだ」

　スマホに映したアキの写真を見せて英語で聞くと、女性はまじまじとのぞきこんで、

「あー」とうなずいた。

「このかっこいい人ね。バイクで走ってったよ」

「どっちに行った⁉」

芳樹の剣幕に気圧《けお》されつつ、女性は人差し指を立てた。道の反対側にある、横道《ソイ》と横道《ソイ》を結ぶ細い路地を指さす。

「あの道に入っていったよ」


街灯のない道をスマホのライトで照らしながら、芳樹は入り組んだ裏路地を歩き回っていた。アキを探してもう一時間以上になるだろうか。途中で雨が降ってきたので拾った傘を差したが、あまり役に立っていない。地面はぬかるんでべしゃべしゃで、足首まですっかり泥だらけだ。

「いねえな……」

土色に濁った水たまりをまたぎながら、芳樹は苛立《いらだ》ってつぶやいた。電話をしていた時間を考えれば、アキが刺されたのは午後六時ごろだ。そろそろ二時間が経《た》つ。

「どこにいんだよ……」

焦るな、と自分に言い聞かせてみても、心臓の鼓動が速くなっていくのは止められない。

最悪の事態が頭をよぎり、芳樹は唇を噛《か》んだ。

そのとき、背後でかすかな物音がした。

「……ん？」

油断していたら聞き逃してしまうような、ごくかすかな物音。背後を振り返ってまじまじと見つめ、ようやく気がついた。暗闇《くらやみ》に紛れるようにして何かがある。

電話ボックスか？　にしちゃあ、ずいぶん汚《きたね》えな……。

スマホのライトを向けながら近づこうとして、芳樹ははじかれたように足を止めた。電話ボックスのガラスに、血を引きずったような跡がついているのだ。雨で洗い流されていないということは、内側だ。

まさか。……こんなところに、いるわけない。

自分に言い聞かせながら、おそるおそる中をのぞきこむ。

泥水のたまった地面の上に、誰かが倒れていた。

「アキ！」

いきおいよくガラス戸を引いたら、押して開ける仕様だったらしく戸ごと外れた。そのまま地面に放り捨て、電話ボックスの中に膝《ひざ》をつく。

ガシャン！

　ガラス戸が砕ける音で、アキがゆっくりと目を開けた。

「アキ……よかった、生きてるな」

「……芳樹か。どこだ、ここ……」

　自分で入ったのだろうに、朦朧としているのか、どこにいるのかわかっていないらしい。アキの身体はへそのあたりが真っ赤に染まっていて、どこに傷があるのかもわからない有様だった。

「電話ボックスん中。とにかく、救急車呼ぶぞ」

　ボックスの電話はコードが途中でちぎれている。ポケットの中のスマホを取り出そうとした腕を、アキに摑まれた。

「救急車は、呼ぶな……」

「はぁ？　何言ってんだ、呼ばなきゃどうしようもねぇだろ」

　電話をかけようとする芳樹の腕を、アキはなおも引っ張った。どこにこんな力が残っていたのかと驚くほどの強さだ。

「警察沙汰《ざた》にしたくないんだ」

　すがるような目で見上げられ、芳樹はひるんだ。

「つったって、じゃあどうすんだよ!?」

「どこか……町医者のやってる……診療所に連れてってくれ」

「あほか、刺されてるんだぞ⁉」

この期《ご》に及んで、自分が死ぬかもしれないってときに、何言ってるんだコイツは。芳樹はあきれ返ったが、アキの態度はかたくなだ。

「あー、もう、わかったよ！」

芳樹は乱暴に、スマホをポケットに突っ込んだ。

「救急車は呼ばねえ！　だからもう喋《しゃべ》んな！」

芳樹の宣言を聞いて、アキは安心したように小さくうなずき、形のいい瞼《まぶた》をすっと下ろした。

■

ホテルで待機していた梨花は、芳樹からすぐに来いとの連絡を受け、送られてきた住所の場所までタクシーで向かった。夜の十時。渋滞のピークタイムを過ぎた大通《スクンヴィット》りをすいすい進んでいたタクシーは、横道に入ってから二度ほど曲がり、嘘みたいに真っ暗な路地で梨花を降ろした。

「ここ……!?」

グーグルマップではhospitalと表示されていたが、どう見ても民家だ。雨戸の下りた窓からは明かりがわずかに漏《も》れて、中に人のいる気配もする。いつまでも暗い路地にいるのも怖いのでおそるおそる木戸を押し開けると、なぜか室内に置かれたビーチチェアに芳樹が座っていた。

「アキ先輩は!?」

梨花は靴をぬぐのも忘れて上がり框《かまち》にあがった。

「今、処置してもらってる」

芳樹は、隣の部屋を目で指して言った。「……多分。してる、はず」

「〝はず〟ってどういうことですか!」

「向こうは英語わかんねーし、こっちはタイ語できねーし。翻訳アプリ使いながら話したから、いろいろ曖昧なんだって」

「……本当にここ病院なんですよね」

梨花は不安に駆られて室内を見回した。吹けば飛ぶような板張りの家屋は、アイスの棒で出来ているみたいに頼りない。壁一面にデパートの包装紙が貼られているのは、壁紙の代わりだろうか。部屋の中で唯一、重量感を放っているのは隣の部屋へと続く扉で、なぜか巨大な鉄製だ。曇《くも》りガラスの嵌《は》まった小さなのぞき窓の向こう側から、オレンジ色の明かりが透けていた。

　ここは本当に病院か？

「患者の治療をするに足る清潔さは確保されてるんでしょうね？」

　じとっと横目でにらまれ、芳樹は居心地悪そうに身じろぎした。

「しょうがねえだろ。アキが警察沙汰は嫌だって言うから、でかい病院には連れてけねーし。一番近い個人経営の外科医のとこ連れてってくれってバイタクの運転手に伝えたら」

「バイタク？」

　梨花は自分の耳を疑った。「バイクタクシーでここまで来たんですか？」

「捕まんなかったんだよ四輪のタクシーが。だからバイクに三人乗りでここまでアキを運んで、出てきた医者のおっさんにアキを任せて、で、俺はバイクがアキの血で汚れたから洗うの手伝って、今ここ」

　バイクが血で汚れるくらい、出血していたのか。

「アキ先輩の怪我って、ひどいんですか」

「さあな。医者じゃねえからわかんねえよ。脇腹刺されたって言ってたけど」

「刺された⁉」

思わず声がひっくり返った。「刺されたって、何で刺されたんですか?」

「ナイフだって」

「信じられない」

端的に述べ、梨花はため息をついた。

アキがナイフで刺されたことも、負傷したアキをバイクで運んだことも、しかも三人乗りだったことも、すべてめちゃくちゃだ。考えただけで眩暈《めまい》がする。でも、一番イヤなのは、そこじゃない。

「……芳樹さん、一人でアキ先輩を探し回ってたんですか。私に連絡もせず」

つい、とげとげしい口調になった。芳樹が意外そうに梨花を見る。

「連絡はしただろ。ホテルから出るなって」

「そうじゃなくて……教えてくれたら、私だってアキ先輩を探すの手伝ったのに。アキ先輩が死んじゃうかもしれないときに、蚊帳《かや》の外なんて嫌です」

「お前さ、それ、後輩として言ってる?」

平坦な口調で含みのあることを言われ、梨花はジロリと芳樹をにらんだ。

「……何が言いたいんですか?」

「別に、なんかやけに感情がこもってたから」

「知り合いが死にかけてるときに無感情でいられるわけないでしょう」

あっそ、とそっけなく言って、芳樹は話題を終わらせた。

二人がすとんと沈黙しても、診療室の中は雑音だらけだ。むき出しの蛍光灯はさっきからジージーと虫が鳴くような音を立てているし、外を車が通るたび振動も騒音もダイレクトに伝わる。

「仮に、私がアキ先輩のことを好きだったとして」

しばらく壁を見つめてから、梨花はおもむろに切り出した。「研究に私情は持ち込んでませんよ」

芳樹は何も言わず、置いてあった歯列矯正《きょうせい》のパンフレットをどうでもよさそうに眺めている。

それから二時間ほど待って、ようやく診療室の扉が開いた。

勢いよく腰を上げた梨花は、出てきた男を見て、がっかりして腰を下ろした。アキじゃない。ランニングシャツを着て眼鏡をかけた、痩《や》せた男だ。

「こいつが医者、一応」

芳樹が小声でささやく。

医者らしきその男と翻訳アプリを駆使してやり取りしたところによると、アキは今、麻酔が効いて眠っているという。容体を尋《たず》ねても、問題ない《マイペンライ》、問題ない《マイペンライ》と繰り返すばかりだ。ホテルに戻る気にもならなかったので、梨花と芳樹は待合室で一晩夜を明かさせてもらうことになった。

医者が出してきたぺらぺらのタオルにくるまり、板張りの床に直接身体を横たえた。目を閉じたつもりでも、気づくと床の木目を見つめていて、いつまでも眠れなかった。

「梨花」

翌朝、梨花は誰かに呼びかけられて目を覚ました。

まだ半分寝ているような頭のままぼんやりと目を開け、視界に映る顔を認識した瞬間、それまで見ていた夢も忘れて覚醒《かくせい》した。

「アキ先輩⁉」

「心配かけて悪かったな。もう大丈夫だ」

アキは平然と言って、シャツの裾《すそ》をめくってみせた。へその右側に大きなガーゼが固定されている。ガーゼの下がどうなっているのかわからないので、なにがどう〝もう大丈夫〟なのかわからないが、梨花は流れでうなずいた。

「ほら、芳樹も起きろ。タクシー呼んでくれ」

と、続けて床の上のぼさぼさ頭に声をかける。あくびをしながら起き上がった芳樹は、上目でじとっとアキをにらんだ。

「お前、元気になるなり扱いがぞんざいだな」

「感謝してるって、昨晩も言っただろ。助けてくれてありがとう。タクシーを呼んでくれ。僕のスマホは充電が切れた」

命じられるがまま、芳樹はアプリを起動してタクシーの配車手配を始めた。会話を聞いた限りは、確かにピンピンしているようだ。

「……先輩、本当にもう大丈夫なんですか？」

「うん。もう元気。早くホテルに戻ろう」

ほんとか？？？

果たして腹を刺された人間が一日で回復できるものか、かなり疑わしかったが、現に本人はピンピンして歩き回っている。

にこにこと玄関まで見送りに出てきた医者に「お世話になりました」と片言のタイ語で頭を下げ、アキは梨花と一緒にタクシーの後部座席に乗り込んだ。ホテルに向かいながら、駅の前で男に刺されたことや強引に借りたバイクで逃げたことなどを聞かされ、血の気が引いた。無事だったからよかったものの、運が悪ければ死んでいたかもしれない。

「あ、そういや金は？」

助手席の芳樹が思い出したように振り返った。

「もう払った。三千バーツ」

「っていくら？」

「一万円くらいじゃないですか？」

梨花が言うと、芳樹は「やっす」と感心した。

「医者に口止めはしたんですか？」

「それも込みで、三千バーツだった」

芳樹が再び「やすっ」と肩をすぼめる。

値段の問題じゃない、と梨花は内心でもどかしかった。問題なのは、アキの身体が現実に傷ついたことだ。無茶しないでください、と伝えたかったが、芳樹に聞かれるのが嫌で今は言えない。

あとでタイミングを見計らって伝えようと思っていたのだが、ホテルに着くなりアキはもっと無茶なことを言い出した。

予定通り、今日の昼の飛行機で日本に帰るというのだ。

「臓器は傷ついてなかった。もう血も止まってるし、飛行機に乗るくらい平気だよ」

「無茶ですよ。入院は無理でも、せめてホテルで安静に……」

梨花は止めたが、アキの態度はかたくなだった。

「早く帰国して研究を再開しないと間に合わない」

一部のゾウが体内にメチロコカス・オパカスを持つのは、象牙が赤いからではなく、ジョンリの木を食べるからだ。ジョンリの木はエレファントキャンプ周辺の固有種だが、もしほかの地域に似た植物があれば、そこに生息するゾウはメチロコカス・オパカスを体内に持っているかもしれない。

ウォンプアハン・エレファントキャンプに戻れなくなった今、アキはその可能性に賭けるしかないのだった。

6

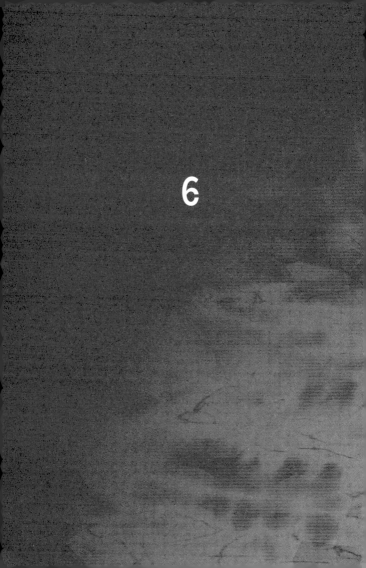

渋る梨花《りか》をなんとか説得し、アキは予定通りの飛行機に搭乗《とうじょう》した。

空港を離陸してしばらく経《た》つと、気圧が変化したせいか、腹の傷がずきずきと痛み始めた。縫《ぬ》った場所が開いたんじゃないかと服をめくってみるが、傷口を覆《おお》うガーゼに血は滲《にじ》んでいない。目を閉じてひたすら痛みに耐えていると、隣の席に座った芳樹《よしき》がぽつりと言った。

「結局、何にもならなかったな」

その通りだ。

サンプルはダメになってしまったから、結局、メチロコカス・オパカスを持ち帰ることはできなかった。いくつか新しい事実はわかったが、それだけでは期待していた成果に満たない。

「……お前に黙って通報したのは、悪かったよ」

後ろめたくて、謝る声が暗くなる。芳樹は「まったくだ」と吐き捨てた。

「ゾウを助けて世界も救おうなんてムシがよすぎんだよ。その気がねぇなら、最初から南極なんか目指すなっつの」

「悪かったよ。ごめん」

アキは素直に頭を下げた。芳樹がいなかったら、ゾウを手なずけるのに手間取って研究どころじゃなかったかもしれないし、男に刺されてそのまま死んでいたかもしれない。何度も助けられたことには、本当に感謝している。

メチロコカス・オパカスのことなどどうでもいいと断言していたはずの芳樹が、どうしてそんなに腹を立てるのか、アキにはよくわからなかった。二週間タイで行動を共にして、彼なりに、この研究への意義を見出してくれていたのだろうか。

帰国の翌日、調査の成果を報告するため、浜田《はまだ》教授の研究室のドアをたたいた。

「芳樹は役に立ったかな」

まだ何も言わないうちから、浜田教授は息子の様子を知りたがった。研究よりもそっちが気になるのだろう。

「彼には助けられました。大石《おおいし》梨花も、院生としての水準をはるかに超えた働きをしてくれました」

まず二人の貢献について伝えてから、アキは「でも――」と逆接でつないで、期待していた成果を得られなかったことを報告した。ウォンプアハンの妨害にあったことや、それによりサンプルを手放さざるを得なかったことも、包み隠さず。

ウォンプアハンが象牙《ぞうげ》の違法取引に手を染めている事実をめぐり、芳樹と意見が対立した――いつのまにか、そんなことまで打ち明けていた。

「自分の研究より、ゾウたちを守ることを選んだんだね」

デスクに座ったまま黙ってアキの話を聞いていた浜田教授は、腕組みを崩すと、入れっぱなしにしていた紅茶のティーバッグを引き上げながら優しく言った。「その選択についてはどう思う？　正しかったかな」

「……わかりません」

アキは正直に答えた。「教授ならどうしましたか？」

「ゾウを見捨てるね」

即答だ。

「きみたちがはるばるタイまで飛んだのは、可哀想《かわいそう》なゾウを保護するためじゃない。メチロコカス・オパカスの培養《ばいよう》方法を確立するためだ。それなのに、目先の小さな正義感にとらわれて、目的のために最善の行動をとらないなんてね。研究者失格だ」

教授は色の濃くなった紅茶を口に運んだ。皺《しわ》の寄った喉《のど》ぼとけが、狡猾《こうかつ》に震える。

「僕がきみを研究室に招いたのは、きみが賢くて、しかも勤勉だったからだよ。米原《よねはら》と麦野《むぎの》も優秀だが、きみがさらにはるか上を行っていることは、論文を読めばすぐにわかった。でも、性格も考慮に入れるべきだったな」

教授は冷えきった視線をアキに向けた。

「きみの誠実さは長所かもしれないが、目的遂行《すいこう》のためには、時に邪魔になる。僕のきみに対する現在の評価は、米原や麦野よりずっと下だ」

「必ず挽回《ばんかい》します」

アキは断言して、教授を強く見つめ返した。「メチロコカス・オパカスの研究を続けさせてください。絶対に結果を出します」

必ずだの絶対だの、浜田教授の前で吐くにはふさわしくない非科学的な言い回しだ。不確定要素を断言することなどできない。それを承知で、アキは深々と頭を下げた。

浜田教授にここまで言わせている自分が、ふがいなくてたまらない。せめて採取した検体を持ち帰れていれば――

「もちろん、研究は続けてもらうよ」

抑揚《よくよう》のない口調で言うと、教授はデスクの上のノートパソコンを開いた。「本当はね、こうなるんじゃないかって気がしてた。だから悪いけど、保険をかけておいた」

パソコンをくるりと回転させて、画面をアキに見せる。そこには、浜田教授の研究室のＨＰ《ホームページ》が表示されていた。

「君たちがタイに行っている間に、メチロコカス・オパカスについて現状でわかっていることを、すべて公開した」

「え……」

「せっかく僕が見つけたんだから、手柄も特許もすべて僕の研究室だけで独占したかったんだけどねえ。きみも米原も麦野も、なんの成果も出してくれないから、もっと広く協力を求めることにしたんだ。別にいいよね？」

アキは絶句したまま、ぎこちなく首を縦に振った。

身体《からだ》中から血の気が引いていくのがわかる。

ずっと非公開にしていた情報を、全世界に向けて公表した。ということは、世界中の研究者や企業が、メチロコカス・オパカスの研究に参入してくるということだ。

今やアキのライバルは、米原と麦野だけではなくなってしまった。

「もちろん、一番手柄をあげた研究者をアーサー・ワイルドの研究チームに推薦《すいせん》するっていう約束はまだ生きてるよ。これが最後のチャンスになると思うけど、きみがずっと努力してきたことは知ってるし、乗り越えてほしいな。僕からの最終試験だと思って、全力を尽くしてね」

最終試験――その言葉は、もうほとんど最後通告だった。次はない。しくじれば、成果のないまま研究室から放逐《ほうちく》される。

はい、とアキはあえぐようにうなずいた。

でも、何を頑張ればいいのだろう。タイで採取したサンプルは、アキの手元に何一つ残っていないのだ。今さら動物園に戻っても、ポストカードの在庫はもうない。

「これで、話は済んだね」

軽い口調で言うと、浜田教授は重たそうに腰を上げた。「そろそろ出て行ってくれるかな。このあと、ＮＩＭの研究者が来るんだ」

「ＮＩＭ？」

アキの声が硬くこわばる。「彼らも、加わるんですか？」

「うん。まあ、微生物研究において国内では一番強いところだし。米原と麦野も、ＮＩＭのチームに加わることになったよ。困難に立ち向かうなら、やっぱりチームじゃないと」

出入り口のドアを自ら開け、部屋から出ていくようアキに促しながら、教授は楽しそうにつけたした。

「きみも入りたいなら、入れてあげるけど」

「いえ」

アキは目を伏せた。ＮＩＭの名前を聞くだけで、胸の奥に重石《おもし》が沈んだようになる。

「一人でやらせてください」

まずいことになった。

研究棟を出ると、いきなり眩暈《めまい》がした。冷めた陽《ひ》の差すキャンパスには、黄染めの銀杏《いちょう》が散っている。重たい足を引きずるようにして歩いていると、脇腹の傷がズキンと痛んだ。

「痛《つ》ッ……あー、クソ……」

ひとりごとも、つい口が悪くなる。

メチロコカス・オパカスの研究に、ＮＩＭが参入する。しかも米原と麦野も加わって。あっちは、潤沢《じゅんたく》な設備と資金にものを言わせて、大規模な調査を推《お》し進めてくるはずだ。象牙の赤いゾウがメチロコカス・オパカスを保有するという情報はさっき浜田教授に話してしまったから、じきにＮＩＭにも伝えられるだろう。

悔しさが、黒い水のように頭の中に滲んでいく。浜田教授のあの口調。ＮＩＭが成果を出すと信じて疑っていなかった。アキに研究の続行を許したのは、偽善者ぶった甘ったれに科学者など務まらないと嘲笑《あざわら》うためだ。

「アキ先輩！」

キャンパスの正門を出たところで、梨花に声をかけられた。

「ちょうどよかった。連絡しようと思ってたんです。ついさっき浜田教授から電話があって、ＮＩＭのチームに加わるように言われました。メチロコカス・オパカスの研究のアシスタントをしろって」

「そうか、よかったな。浜田教授から評価されてるってことだ」

「タイに引き続き、お世話になります」

ぺこりと梨花が頭を下げたので、アキは「あ、いや」と慌《あわ》てて否定した。

「僕はＮＩＭの研究チームには加わらないんだ」

「え、そうなんですか」

浜田教授がＮＩＭのチームに協力しているというのに、直属の部下であるアキが参加しないのは不自然だ。勘のいい学生なら揉《も》めている雰囲気を感じ取って触れずにすませるところだが、梨花はなんの忖度《そんたく》もせずに言い放った。

「じゃあ私はアキ先輩を手伝います」

気持ちはありがたいが、そういうわけにもいかない。

「浜田教授の誘いを断るのはまずいだろ。時給だってＮＩＭのほうがいいだろうし」

「お金は要りません」

きっぱりと言われ、アキは困ってしまった。もしも梨花が教授の依頼を蹴《け》ってアキのほうを手伝ったら、浜田教授のアキに対する心証はますます悪くなってしまうだろう。

「浜田教授は僕の上司だ」

そう言って、アキは淡く微笑《ほほえ》みかけた。脇腹が痛すぎて、笑っていないと泣きそうだ。

「とにかく僕のことは気にしないで、頑張って」

「でも……」

「浜田教授に評価されてるなんて、すごいことだからさ」

ぽんと肩に置かれた手を見やると、梨花はいかにも不本意そうに「わかりました」とうなずいた。

「でも、何か手伝えることがあったら、いつでも言ってくださいね」

おそらく善意からの言葉だろうが、アキの作り笑顔は苦笑いに変わった。

アキはもはや、自分以外の人手を必要とする局面にはいない。研究を続けるといっても、何をしたらいいのかわからないのだ。メチロコカス・オパカスにつながる手がかりはもう何もない。

一番勝機があるのは、今から浜田教授に頭を下げて、ＮＩＭの研究チームに加えてもらうことだろう。ＮＩＭは日本の微生物学研究の最前線だ。最新の設備を揃《そろ》え、優れた研究者をたくさん抱えている。このまま大学で研究を続けるよりも効率よくメチロコカス・オパカスの培養にたどりつけるはず。

でもどうしても、そうする気にはなれなかった。ＮＩＭという文字の並びを見ただけで、兄のことが頭をよぎる。

「そういや、最近帰省してないな……」

アキは落ちてきた銀杏の葉を受け止めた。デンマークの大学院から帰国したときでさえ山形には戻らなかったから、もう五年以上帰っていないことになる。心配性の母親はマメに連絡をよこすが、アキが折り返すのは三回に一度だ。

どうせ研究室は明後日《あさって》まで使えないのだ。明日、日帰りでも、兄に顔を見せに行こうか。

■

東京駅から新幹線と在来線を乗り継いで、三時間半。

実家の山形へと向かう新幹線の中で、次第に見慣れたものに近くなっていく風景を眺めながら、アキは兄のことを思い出していた。

年の離れた兄が実家の酒蔵を継いだとき、アキは十歳だった。

地元に根差して百年近く続いた老舗《しにせ》の酒蔵、といえば聞こえはいいが、両親の代で経営はかなり傾いていた。倒産寸前の酒蔵にとって重要なのは酒造りよりも資金繰りだ。社長に就任してからの兄は、酒蔵からめっきり足が遠のき、父のおさがりの古いスーツを着込んで銀行にばかり通うようになった。

前掛けのついた作業着を着て、意気揚々と蔵に入っていく兄の姿が好きだったのに。

「くっそー、またダメだった!」

スーツを着て出かけた日の兄は、大抵、不機嫌になって帰ってくる。そういう時は弟として愚痴《ぐち》を聞いてあげないといけないから、アキはいつも居間のコタツで本を読みながら兄の帰りを待っていた。

その日も兄は仏頂面《ぶっちょうづら》で帰宅した。冬休みに入って二日目の午後のことだ。革のカバンを畳の上に放り投げると、上着も脱がずコタツに足を突っ込んで「うまくいかねえなあ」とぼやいた。

「俺は日本酒が造りたいだけなのに。このまま銀行が金貸してくれねえと、ウチは倒産だ。そうなったら、お前の学費も払えるかあやしいぞ」

「ふつう、子どもにそーゆー話する?」

あきれつつ、アキは箱ティッシュを差し出した。両親はアキにお金の話などけしてしないが、兄は真逆で、なんでも包み隠さず話してくれる。

「お前は頭いいから理解できるだろ」

そう言うと、兄はちーんと鼻をかんで、丸めたティッシュをぽんとゴミ箱に投げ入れた。

「兄ちゃん、頑張って持ちこたえてよ。僕が大人になったら南極ですごい微生物を発見して、たくさんお金稼いであげるから」

「おー。それだけが兄ちゃんの希望だよ。期待してるからな」

この話になると兄の口調がいつも冗談半分になるのが、アキには不満だった。兄ちゃんもしかして、僕には無理だと思ってるのかな？　まぁ、いいけど。絶対実現して、見返してやるからさ。

でも、問題は、それまで小林《こばやし》酒造が持ちこたえてるかどうかだ。アキはまだ十歳。南極に行けるようなスゴい研究者になるためには、これから中学校に行って、高校に行って、大学に行って、たぶん大学院にも行かなきゃいけない。

「なんか、銀行ってケチだよね」

アキはコタツの天板で組んだ手の上にあごを乗せ、唇を尖らせた。「なんでお金貸してくんないの？　うちのお酒、おいしいのに」

「おいしいのにって……なんで知ってんだよ。まさか飲んでないだろうな？」

「飲んでないよ、子供だもん。でも匂いはわかるじゃん。色も透明で、きれいだし」

アキが褒めると、兄は途端に気をよくして「まあな」とニヤついた。

「なにしろ、酒母《しゆぼ》にこだわってる。生酛《きもと》づくり、つまり乳酸を添加しないで蔵にもともといる酵母を利用して酒母を作ってるのは、このあたりじゃウチだけだ」

はいはい、とアキは適当にうなずいた。

兄はいつも、隙《すき》あらば自分の造る日本酒の自慢をしてくるのだ。特にこだわりを持っているのが酒母で、子供のころから耳にタコが出来るほど聞かされてきた。でも、子供は蔵に入れてもらえないから、アキはいまだに一度も『酒母』というものの現物を見たことがない。

「ねえ兄ちゃん、僕そろそろ酒母ってのを見てみたいんだけど」

アキは兄の袖《そで》を引いて、控えめに頼んでみた。「もう十歳だよ。見るくらいいいでしょ」

「んー、でも酒母造りはデリケートな作業だからなあ」

「でも、僕だって酒蔵の息子だよ。ちゃんと着替えるし、おとなしくしてるから」

食い下がってみると、兄は案外あっさり「わかった」とうなずいた。

「じゃあ来週な」

「なんで今週じゃないの?」

「忙しいんだよ。明日、ＮＩＭがウチの酒蔵を見に来るから」

「え、ＮＩＭって、あのＮＩＭ⁉」

アキは驚いて目をぱちぱちさせた。「日本で一番すごい微生物学の研究所じゃん！　なんでうちみたいな小さい酒蔵を見に来るのさ」

「新たにオリジナルブランドの日本酒を販売するらしい。醬油《しょうゆ》とか味噌《みそ》とかはもともと作ってたけど、手を広げたくなったんだろうな。それで、今、日本中の蔵を見学してまわってるんだって」

「それって、将来僕たちのライバルになるってことじゃん！　タダで手の内見せちゃっていいの⁉」

アキが勢いよく言うと、兄は腰に手を当てて「あのなあ」とあきれ顔をした。

「日本酒は微生物の力を借りて造るんだぞ。俺たちだけのものじゃない。みんなで協力して、発展していくもんなんだ」

「ふーん、そうなの？」

ピンとこないまま、アキは首をかしげた。「じゃあさ、そのＮＩＭの人にうちの酒を試飲してもらいなよ。で、気に入ってもらったら、提携して一緒に売ったらいいじゃん！」

「なに言ってんだ。ＮＩＭが、うちみたいな小さい蔵に協力してくれるわけないだろ」

急に歯切れの悪くなった兄の様子に、今度はアキがあきれ顔になった。普段はふてぶてしいくせに、いつも肝心《かんじん》なところで弱気になるのだ。だから銀行はお金を貸してくれないのかもしれない。

「酒造りはみんなで協力するんだろ」

「でも、相手はＮＩＭだぞ。この国で一番すごい研究所だ」

「相手が偉いかどうかは関係ないよ！」

弱気になる兄に向かって、アキは元気よく発破をかけた。

「うちのお酒っておいしいんでしょ。自信持ちなって！」

結局、兄がＮＩＭに提携の相談をしたのかどうかはわからない。

翌日の夕方、アキが塾から帰ってくると、見知らぬ大人が数人、兄と一緒にぞろぞろと酒蔵から出てくるところだった。おそらく彼らがＮＩＭからの視察者だろう。兄は「小林酒造」と筆文字の入った法被《はっぴ》を羽織り、緊張した面持ちで大人たちの相手をしていた。

酒蔵に異変が起きたのは、それからわずか一週間後のことだ。

早朝五時。

その日は、いよいよ兄に「酒母」を見せてもらう約束の日だった。興奮で朝早く目を覚ましてしまったアキは、しばらく布団の中でもぞもぞしていたが、結局居ても立ってもいられなくなってこっそりと寝床を抜け出した。

どうせ後で見せてもらえるんだから、今見たっていいだろう。

勝手にそう決めて、蔵の土間に入った。作業着に着替えてヘアキャップを頭に被る。重たい木戸をそっと押して酒蔵の中に忍び込むと、緊張で吐いた息が真っ白く広がってすぐに消え、その向こう側に、三メートルはあろうかという大きなタンクが二つ並んでいるのが見えた。

「おぉ～……！」

あれ、多分、仕込み中の酒を入れとくやつだ。

酒母を見に来たはずが、アキの足はついタンクのほうへと向いた。併設された足場に上がり、中をのぞきこむ。水のように澄んだ酒がタンクいっぱいに入っているものと思ったが、少し違った。酒らしき液体が入ってはいるのだが、真っ白く濁り、白いモヤのようなものが大量に漂っているのだ。

「あれ……」

匂いもなんだか変だ。発酵臭《はっこう》とは明らかに違う、お酢《す》を何倍も濃くしたような変な感じ。

隣のタンクも、同じ状態だ。

アキは、自分がこっそり忍び込んだことも忘れて、兄を起こしに自宅へ戻った。

「兄ちゃーん！　なんか、日本酒が変かも！」

白濁や臭いの原因は、「火落菌《ひおち》」と呼ばれる特殊な乳酸菌だった。

通常、日本酒は、アスペルギルス・オリゼーを醪《もろみ》の中で繁殖させて造る。しかし、時々何かのきっかけで、オリゼーではなく火落菌がタンクの中で増殖することがある。そうなると日本酒は白濁し、胃液に似たツンとした臭いを放つようになる。味も酸っぱくなって、とても飲める状態ではない。

日本酒を腐らせる火落菌は、酒蔵にとっての天敵だ。火落ちを出すことは、杜氏《とうじ》にとって最大の恥とされている。

アキが火落ちを発見した翌日、兄は自室で首を吊った。


火落菌は、学名をラクトバチルス・フルクチボランスという。

通常バクテリアは高いアルコール濃度の中では生育できないが、火落菌は別で、三十五パーセント程度のアルコール濃度でも平然と生きている。一度発生すると短期間のうちにタンクからタンクへと移動するため、予防の手立てが不十分だった時代は蔵の酒が全滅して杜氏が自殺することも珍しくはなかった。

ただし火落菌は熱に弱く、六十八度前後で死滅するため、加熱殺菌技術の発達した現代では発生は非常に稀《まれ》だといわれている。

「火入れをしっかり行っていれば、火落菌が増殖することはないんだ」

兄の葬儀の日、遺体が火葬炉の中で焼けるのを待ちながら、父がぽつりと言った。

「あいつはまだ杜氏になって日が浅かったから。殺菌が不完全なまま、火入れを終わらせてしまったんだろう」

そんなこと、絶対にない。アキには確信があった。

兄だって火落ちの恐ろしさは知っている。きちんと手順通りに火入れを行っていたはずだ。現に、ＮＩＭを案内した日の酒には何の異常もなかったことがわかっている。それなのに、たった一週間で火落菌がすべてのタンクの中に発生するなんて、そんなこと、あり得るのだろうか？

でも現実に火落ちは発生した。

兄の死後、両親は小林酒造を廃業することに決めた。もともと赤字続きだった蔵は完全に潰して、空いた土地にアパートを建てることになった。

アキは、国内最難関と言われる帝都大学に現役で合格した。入試の成績が首席だったので授業料が免除になったのがありがたかった。アパートは建ったが、両親はまだ多くの負債を抱えたままだ。

最高学府と呼ばれる場所での勉強はおもしろかった。二年次の専攻選択では、迷わず微生物学科を選んだ。実家の酒蔵はもうないが、酒造りにこだわらずとも微生物学の世界は十分に魅力的だ。ヒトゲノムに免疫学《めんえき》、ニュートリノ、バイオテクノロジー——極細の世界を切り開いていくことを思うたび、胸が躍《おど》った。

「小林は院に進学して研究を続けるんだろ？　うちの研究室に来てくれよ」

四年生になると担当教授に呼び出されて熱心に口説かれるようになったが、アキはいつも曖昧《あいまい》に笑ってごまかした。入学以来、成績表には毎回A評価がずらりと並ぶのだから期待をかけられるのも当然だが、両親は就職を望んでいる。

進学か。どうだろうな。

自分でも決めかねていた。両親が望むなら就職しようかという気もする。微生物について学ぶのはおもしろいが、かといって、やりたい研究があるわけでもない。帝都大の院に行けば奨学金は継続してもらえるだろうが、自分のように理由もなく進学する人間が貴重な受給枠を一つ潰してしまうというのも、なんだか後ろめたかった。

「どうしようかなぁ……」

微生物学科の校舎を出ると、中庭では就活生向けの合同企業説明会が行われていた。長机が並び、あちこちに企業名を掲げたのぼりが立っている。モト・フィルム、ジェニー製薬、藤原《ふじわら》乳業——微生物学科の学生に人気のある企業が出揃う中、ひときわ学生で混み合ったブースがあった。

National Institute of Microbiology——通称ＮＩＭ。国立微生物学研究所も出展しているらしい。

微生物学科に在籍していれば、ＮＩＭの三文字を目にする機会は多い。そのたび、連鎖的に兄の死が心によみがえって、頭の奥がざわついた。足早に通り過ぎようとしたアキに、よりにもよってＮＩＭの腕章を付けたリクルーターが声をかけてきた。

「きみ、四年生？　ちょうどＯＢへの質問会が始まるんだけど、話だけでも聞いていかない？」

「いえ、あの……僕はまだ、二年で」

適当に断ろうとするが、リクルーターの男は無理やりフライヤーを押しつけてくる。

「ＮＩＭって研究やってるイメージが強いかもしれないけど、微生物学のノウハウを生かして発酵食品作ったりもしてるんだよ。とくにここ数年は、日本酒がヒットしていてね」

日本酒？

「君、かっこいいから、営業とかすごく向いてると思うなあ」

そういえば昔、兄ちゃんが言ってたな。ＮＩＭも日本酒造りを始めるつもりだって。

アキは手元のフライヤーに視線を落とした。〝近年は酒造事業が好調！〟というアオリが躍っている。その下に小さくこう書かれていた。――生酛づくりで醸《かも》したこだわりの日本酒です。

「……酒母に乳酸を添加しないのって、珍しいですよね」

アキがフライヤーを見ながらつぶやくと、リクルーターの声の調子が一段高くなった。

「あ、わかる？　うちの研究チームが日本中まわって、かなり苦労してこの酵母を見つけたみたいでさ。乳酸を加えず、うちの工場にしかいないこの特別な酵母を使って発酵させてるんだって」

「そのお酒、今ありますか？」

アキが聞くと、リクルーターはニヤリと口の端を上げた。

「きみ、さてはイケる口だね。いいよ、特別にあげる」

ブースの奥からごそごそと紙袋を出してくる。中をのぞくと、グリーンに色付けされた小瓶《びん》が入っていた。

「お酒だから、学内でおおっぴらに配ることはできないんだけど、きみには特別ね。名刺も入れとくから、うちへの就職に興味が出たら連絡ちょうだい」

リクルーターが言い終わるのを待たず、アキは瓶の栓《せん》を開けた。鼻先を近づけたとたん、覚えのある匂いが鼻腔《びこう》に飛び込んでくる。常温でかすかに香る吟醸《ぎんじょう》香。

そのまま口をつけて飲んでみる。目を丸くするリクルーターを後目《しりめ》に、おいしいな、と場違いなことを思った。

「ちょっときみ、何してんの！　学内でお酒はまずいでしょ！」

慌てるリクルーターに酒瓶を突っ返すと、アキは無言でその場から立ち去った。

中庭を出て桜の降るキャンパスを通り抜け、大学の近くに借りているアパートまで帰ってきて、背中で扉を閉めたところでやっと震えがきた。

あの日本酒の匂い。

小さなころに嗅《か》いだ、うちの酒の匂いと、まったく同じだった。

いや、子供のころの記憶なんてあてにならない。アキは、兄が造った日本酒を、飲んだことすらないのだ。

――でも、あの匂いは確かに、うちの酒だ。

乳酸を添加せずに酒母を作る生酛づくりは、兄が自慢していた小林酒造の酒母と同じ作り方だ。蔵に住んでいる酵母を使うから、あの日本酒はうちの蔵でしか造れないはず。じゃあ、ＮＩＭの酒の匂いが兄の酒にそっくりなのは、偶然か？

ＮＩＭが酒蔵に見学に来た日、兄は酒母についてどこまで話したのだろう。もしも――ＮＩＭの人間が、兄の酒母を盗んだのだとしたら？

そんなまさか、とアキは自分の考えに苦笑した。いくら片田舎の酒蔵が相手でも、ＮＩＭの人間がそんなリスクのある真似をするわけがない。狭い業界だ。兄に知れたら抗議を受けるだけでは済まないはず――

そこまで考えて、ふいに背筋が凍った。

酒蔵に火落ちが出たのは、ＮＩＭが来てからわずか一週間後のことだった。

もしかして、ＮＩＭがタンクの中に火落菌を入れたのだろうか。兄の酒母を盗むために。

証拠はない。あくまで仮定の話だ。

もう十年も前の話だ。わからない。この仮説は、証明のしようがない。

「……でも……」

苦しい。

心臓の鼓動が強くなっていくのがわかる。アキはずるずるとその場に座り込んだ。

そうしたまま自分の気持ちが落ち着くのを待っていると、ポケットの中のスマホが小さく振動した。通知を確認すると、微生物学科のポータルサイトが更新されたという。時間割に変更でもあったのだろうか。惰性《だせい》でアクセスしたアキの目に、でかでかと表示されたニュースの見出しが飛び込んできた。

〈アーサー・ワイルドの研究チームが南極で二酸化炭素を固定するバクテリアを発見　地球温暖化の救世主となるか〉

「……マジか」

長い見出しを、アキは二度読みなおした。

二酸化炭素は地球温暖化の最大の原因物質だ。それを固定するバクテリアの発見は、まさに地球規模の問題を解決するための、大きな可能性を秘めていることになる。

二酸化炭素を固定する——そんな稀有《けう》なバクテリアが存在したのか。しかも、南極に。

「南極か……」

古い約束が、鼓膜の奥に兄の声を連れてきた。倒産寸前の酒蔵を立て直そうと必死だった兄が、冗談混じりに言っていたこと。お前は南極ですごい微生物を発見しろよ。それで、うちの酒蔵を助けてくれ——

冷たくなった指先を、アキはぎゅっと握りしめた。
もう酒蔵はないけれど――もしも自分が南極に行ったら、兄の夢を半分でも叶えたことになるだろうか。

「兄ちゃん、久しぶり」

雪の積もった墓石に向かって語りかけ、アキは手桶《おけ》の水を注いだ。冷えた水が雪を溶かして流れていく。両親は定期的に来ているようで、寒そうに縮こまった菊が花立に生けてあった。

アーサー・ワイルドのニュースを見たあのときから、南極に行くことはアキの目標に変わった。そのためにデンマークで博士課程を取ることを選び、南極探査に実績のある教授とのコネクションを作った。思いがけず浜田教授に声をかけてもらってからは、いっそうアーサー・ワイルドに近づくことができたという実感があった。

南極探査に参加したい。

その思いだけでここまでやってきたのに。

「ごめん、兄ちゃん。もう、南極には行けそうもない」

僕が選択を間違えたせいで。

心の中でそう付け加えながらも、アキは、その選択を後悔することができずにいた。たとえ自分と兄の夢がかかっていたとしても、ゾウを助けないという選択は、どうしてもとれない。

合掌《がっしょう》を崩し、伏せていた目を上げた。睫毛《まつげ》に積もった雪が瞼《まぶた》に触れてすっと溶け、冷たさに目を眇《すが》めつつ立ち上がった。

迷ったが実家には立ち寄らないことにした。母に引き留められ長居する羽目になるのが目に見えている。墓参りを終えたその足で駅に向かって、夕方になる前には東京に着いた。

自宅の扉に不在票が二枚も挟まっている。

タイからの国際便だ。

……まさか、ウォンプアハンか？　爆弾でも送ってきたとか？　でも、彼は今、警察に拘束《こうそく》されているはずだ。

業者に再配達の依頼をすると、ちょうど近くにいたようで三十分ほどで持ってきてくれた。くたびれた段ボール箱が、二つ。宛名には、いびつな筆跡でＤＩＤＩと書かれている。

「ディディ⁉」

いきおいよくガムテープを引きはがすと、箱の中には丸めた藁半紙《わらばんし》がいっぱいに詰まっていた。緩衝材代わりらしい。四つに折りたたまれた手紙もあった。

Aki,
Thankuu for helping Pricha.
Kyamp is clozd nau. All elefants send to the Elefantkyamp in all Thailand.
Mahouts lost job. But everywan thankuu. Bicouz not killing elefant anymoro.
Your suutkeiss were not in the car. There ware no rooms and I thout everiwan dai.
I will send you it for thankuu. Sorry only 2 to send but it's ekspensiv.

Didi.

スペルが滅茶苦茶で、まるでクイズを解いているようだったが、なんとか伝わった。ディディは、アキたちがキャンプに残していったサンプルを、日本に送ってくれたのだ。しかも、高いのに航空便を使ってくれたらしい。

藁半紙を外に出すと、密封容器に入ったゾウたちの糞《ふん》のサンプルがぎっしりと並んでいた。それぞれのラベルには、梨花の字でゾウの名前がきちんと記録されている。プリチャ、アンポーン、タンサニーのもちゃんとある。

「やった……」

これがあれば、NIMとも互角に戦える。真っ暗になっていた視界に、一筋、かすかな光明が兆《きざ》した気がした。

アキへ

プリチャを助けてくれてありがとう。

エレファントキャンプは閉鎖になった。

ゾウはこれから、タイのエレファントキャンプに送られる。マハウトはみんな失業したけど、でもみんなお前に感謝してる。牙のためにゾウを殺さなくてよくなったから。

お前のトランク、本当は車に積んでなかった。入りきらなかったし、どうせみんな死ぬと思ってたから。

プリチャを助けてくれたお礼に送る。送料が高かったから二つだけだけど、いいよな。

■

ディディから送られたサンプルのコロニーを分析に回したところ、アキの予想通り、そのほとんどがメチロコカス・オパカスのコロニーだった。まだ使っていないサンプルも十分にあるし、当面はこのサンプルだけで足りるはずだ。

問題は――いかに大量培養するかということ。

安定してメチロコカス・オパカスを得るには、一度に少量しか育てられない寒天培地ではなく、液体培地で増殖させる必要がある。

「とにかく、しらみつぶしにやってみるしかないな……」

液体培地は、有機物を溶かした液体を試験管の中に入れて作る。

メチロコカス・オパカスがどんな環境を好むかはまったくわからないから、液体に溶かす成分の配合は手探りだ。通気や撹拌《かくはん》などの刺激を与え、温度、圧力、撹拌スピード、メタンガスの量、ミネラル量などの条件を少しずつ変えながら、ひたすら試してみるしかない。

糞の中にいたのだから近い環境を整えてやればいいのだろうと考えたが、そう簡単にはいかなかった。糞の中にはメチロコカス・オパカスより増殖力の強い菌が多く含まれるため、メチロコカス・オパカスだけをピンポイントで育てることができないのだ。ただでさえ液体培地は、寒天培地に比べて雑菌が混入しやすい。

アキは一日のほとんどを研究室で過ごすようになった。無数の試験管の中にわずかでも変化がないか、雑菌混入《コンタミネーション》を起こしていないか、常にチェックしていたい。

「アキ先輩、やっぱり一人でやるなんて無理ですよ」

キャンパスを歩いていて出くわした梨花は、アキの顔色を見るなり顔をしかめた。「私も手伝います。NIMの手伝いは、週四日だけなので」

申し出はありがたかったが、断った。NIMはライバルで、梨花はライバルチームの一員なのだから、懐《ふところ》に入れるわけにはいかない。そもそもアキに助手を雇うつもりはなかった。誰がNIMや米原たちとつながっているかわからない。

とはいえ、一人で抱え込むには、あまりに途方もない作業量だ。

ほんの一グラムの糞の中にも、おびただしい数の微生物が潜《ひそ》んでいる。その中から目的となるたった一種類の微生物を見つけ、抽出《ちゅうしゅつ》して培養するのは非常に難しい。しかも対象が未知の微生物なら、その難易度は格段に上がる。

というか——培養が可能なのかどうかすら、実はまだわからない。そもそも人間が培養することのできる微生物など、全体のほんのひと握りに過ぎないのだ。メチロコカス・オパカスがたまたま培養可能な微生物である保証などどこにもないが、それでもできると信じてやるしかない。

二週間が経ち、一カ月が経っても、成果は出なかった。

暗闇《くらやみ》を手探りで進むような日々に、アキはすっかり疲れきった。徹夜も三日目になると、視界が狭まって身体が重たくなってくる。着替えを取りに自宅へ戻る途中、キャンパスを歩きながら靴紐《ひも》がほどけているのに気づいたが、しゃがみこんだら立ち上がれなくなった。きゅっと結んだ靴紐をいじりながら、しばらくそうしていると、

「辛《つれ》えの?」

頭の上から声が降ってきた。

のろのろと顔を上げると、芳樹が立っている。顔を見るのはタイからの帰路、空港で別れて以来だった。

「顔色、やべーけど。お前、いつも切羽詰まってるな」

関係ないだろう。

そう言おうとしたのに、気がついたら、

「……生長が遅すぎるだけかもしれない」

まったく違う言葉を口にしていた。

「生育に時間がかかる菌は多い。メチロコカス・オパカスも、液体培地の上ではそうなのかもしれない。寒天培地なら一晩でコロニーが出来るけど、それがゲル化剤の効果だとしたら？　液体培地でメチロコカス・オパカスのコロニーが出来るには、もっとずっと長い時間がかかるのかもしれない。それじゃあ、間に合わないんだよ」

一つ零《こぼ》したら止まらなくなって、アキは堰《せき》を切ったようにまくしたてた。「実験数は日に日に増えてく。どのシャーレもたえず観察しないといけない。いや、そもそも……メチロコカス・オパカスは、本当に培養が可能なのか？　もしもメチロコカス・オパカスが現代の科学では認知できない細胞数で静止期を迎える性質を持ってたら？　あるいは……共生微生物との交流がなければ増殖しないのかもしれない。だとしたら――僕がやっていることはすべて見当違いだ！」

芳樹は、無表情のまま黙ってカバンを下ろした。

「よくわかんねーけど、多分役に立つもんやるよ。寝なくてすむ薬」

カバンの中から出したのは、キャラクターがプリントされたかわいらしいポーチだ。差し出されてつい受け取ってしまい、ハートのチャームがついたチャックを開けると、中には小袋に入った白い粉末がいくつかと未開封の注射器が入っていた。

寝なくてすむ薬――まさか。

「芳樹、これ……」

「アンフェタミン。人に見つかるなよ」

覚せい剤だ。

アキは慌ててチャックを閉め、ポーチを芳樹に押しつけた。

「こんなもの……」

「要らねえの？　本当に？」

言葉に詰まり、一瞬手の力がゆるんだすきに、芳樹がポーチを押し返した。落としそうになり、反射的に摑《つか》みなおしてしまう。

「使わないなら、トイレに流して捨てといて」

返すタイミングを逃して、結局研究室までアンフェタミン入りのポーチを持ち帰ってきてしまった。

覚せい剤は、所持しているだけで違法だ。研究室の扉が施錠されていることを何度も確かめてから、おそるおそる中の小袋を取り出し、光に透かして眺めてみる。

「本物、かな……」

使ってみないとわからない。

「……さすがにダメだろ」

そう思うのなら、芳樹に言われた通りトイレに流せばいい。しかし、アキは袋を手に持ったまま、どうしてもその場から動くことができなかった。

少し前までの自分なら、覚せい剤に頼ろうなどとは絶対に思わなかっただろう。でも、今は状況が違う。ＮＩＭは大規模なチームを組み、潤沢な予算と設備で研究を推し進めているのだ。アキがたった一人で勝負を挑んだところで勝てるはずがない。普通にやっていては無理だ。なにか――「普通」ではない手を打たなくては。

――きれいごとだけで、研究者が務まると思うな。

浜田教授の声が頭に響いた。

少しだけなら、いいだろうか。メチロコカス・オパカスの研究という目的のためなら。タイでは、研究よりもモラルを取って失敗した。その経験から学ぶなら、今度は逆の判断をするべきだ。

「少しだけ……試してみるか」

アキはもう一度、扉の鍵がしまっていることを確認した。

幸い微生物学科の研究室には、生理食塩水が山ほどある。アンフェタミンの粉末を少しだけ溶かし、とりあえず静脈に注射してみた。数秒ほどで心臓の鼓動がだんだん大きくなっていくのがわかったが、それがアンフェタミンの効果なのか、それとも単に緊張のせいなのかは判然としない。

「あ……？」

誰かに首筋を撫《な》でられた気がして、アキはぼんやりと振り向いた。誰もいない。首筋の感触は、自分の後《おく》れ毛だった。普段なら何とも思わないのに、今は髪の毛の一本一本の感触まで、やけに鮮明に感じられた。なにかに脇腹を撫でられているようにも感じたが、服の裏地が触れているだけだった。

感覚が鮮明になっているということなのだろうか。

アキは半信半疑のまま、テーブルの上に並んだ試験管に向かった。液体培地に変化がないか、いつものように一つずつ目視で確認していく。その作業を何度も繰り返しているうちに、カーテンの隙間から日差しが差していることに気がついた。

「……え？」

いつの間にか朝になっている。

驚いて時計を確認すると、朝どころか昼の二時だった。ちっとも眠くない。何も食べていないのに、空腹はまったく感じていなかった。

いい気分だ。身体が軽い。昨晩までの重苦しい身体が嘘のようだった。

「はは……っ、すごいな、これ」

アンフェタミンがあれば、こんなにも効率よく研究を進められるのか。

後ろめたさはどこかへ吹き飛んでいた。芳樹の言う通りだ。きれいごとだけでは、科学者は成功できない。アンフェタミンを使えば多くの成果を上げられる。だから使う。それだけのことだ。悪いことじゃない。

アキは再び、電子顕微鏡《けんびきょう》をのぞきこんだ。

研究に向きあうと、ずぷりと水の中に沈みこむように、集中力が研《と》ぎ澄まされていく。頭蓋骨《ずがいこつ》の中を冷たい水で満たされたように、思考がクリアになっていく。

成果を出したいという、その気持ちだけが、本能のように頭の中を支配していた。

不眠不休で研究を続け、四日目の夜にやっと少し寝た。といっても長時間にわたって試験管から目を離すわけにはいかないので、床の上で仮眠を取っただけだ。

四日も起きていた反動で何時間も眠ってしまったらどうしようかと思い、アラームのスヌーズを五分おきにセットしておいたが、杞憂《きゆう》だった。二時間も眠らないうちに、ぱちんと勝手に目が開いたのだ。

身体を起こして立ち上がるとき、軽い眩暈がした。寝る前まで感じていた爽快感《そうかい》が、少し減退している気がする。

冗談じゃない。今、ペースを緩めるわけにはいかないのだ。もっともっと、アンフェタミンが必要だ。

注射針の痕《あと》を増やしたくなかったので、炙《あぶ》って吸うことにした。アルミホイルの上にアンフェタミンを敷き、ライターの炎で炙って煙を吸う。脳細胞が活性化していく音が聞こえる気がして、ひどくいい気分だ。

それからまた丸三日眠らず、さすがにヤバいと思って一度家に帰った。一週間ぶりの我が家だ。目は冴《さ》えきっていたが、シャワーを浴びてからベッドに横になったら、急に瞼が下りてきた。

よかった、寝られそうだ、と思う間もなく眠りに落ちる。

今度は一時間で目が覚めた。

目覚めは最高だった。頭の中がすっきりと片づいている。顔を洗い服を着替え、晴れやかな気分で外に出た。朝の占いなんてチェックしたこともないが、運気というものがこの世に存在するなら今の自分は絶好調だ。

一刻も早く研究室に行きたくて、早足で大学に向かっていたが、途中でふと足を止めた。誰かの視線を感じる。

振り返ったが、誰もいなかった。ブロック塀の上で、猫が丸まっているだけだ。気のせいか、とそれ以上は気に留めず、大学に向かった。

三日後、研究室から自宅へ戻る途中で、また視線を感じた。

気味が悪かった。振り返っても誰もいない。それなのに、キャンパスを出て家に入るまで、視線はずっとアキの背中に貼りついていた。

——誰かに監視されてる?

気のせいだろう。実験が佳境になって、神経が過敏になっているのだ。

自分にそう言い聞かせ、ベッドの上で横になる。今回も一応アラームをセットしておいたが、また数時間で目が覚めた。ただ、前回の目覚めと比べると身体が重たかったので、追加でアンフェタミンを吸った。

少し焦《こ》げ臭い煙が鼻の中に入ると、十数秒ほどで、みるみる気分が楽になっていく。やる気を取り戻して家を出ると、また背中に視線を感じた。やっぱり、誰かに見られてる。今度は気のせいじゃない。最近ずっと感じていたこの視線は、誰かに監視されていたからなのだ。

何度も後ろを振り返り、周囲を見回しながら歩くアキを、すれ違った年配の女性がじろじろ眺めた。なぜこの女は自分のことをこんなに見るのだろう。もしかして、誰かから金をもらって自分を尾けているのだろうか。

まさか……。

足が震えた。きっとＮＩＭの連中だ。兄ちゃんの日本酒だけじゃ飽き足らず、僕の研究成果まで奪おうってのか？

背中に感じる視線の数はどんどん増えていく。アキはほとんど駆け足で研究室に戻り、バンと背中で扉を閉めた。

これで安全だと思ったのに、視線は消えなかった。屋内にいるのに、一体どこから見ているというのか。研究室中隈《くま》なく探してみるが、監視カメラの類《たぐい》は見つからない。ということは、窓の外から直《じか》に見られているのか。カーテンを閉め、扉についた小窓もガムテープで目張りした。

久しぶりにスマホを確認すると、梨花から何件も着信が入っていた。メッセージも来ている。

——先輩、大丈夫ですか？　今週末は休みなので、実験手伝えます。必要だったら声かけてくださいね。

「嘘つけ」

自然に声が出ていた。

梨花もグルだ。口実を作って研究室に来て、僕の研究成果を盗むつもりだ。そうに決まってる。

梨花の番号を着信拒否して、メッセージアプリのアカウントもブロックした。

研究の成果は、誰とも分け合わない。僕と兄だけのものだ。


数時間も研究に没頭していたが、ふと気づけば、またあの視線を全身に浴びていた。カーテンは閉めたのに、まだ、どこかから見られている。

さっきは見つけられなかったけど、やっぱり監視カメラがあるんだ。

もう一度あちこち探し回ったが、どうしても見つけられなかった。きっと、数センチしかない小さなカメラを仕込まれたのだ。発見できないのはそのせいだ。

舌打ちが漏《も》れた。なんて卑怯《ひきょう》な連中なのだろう。

視線に耐えながら研究に打ち込み続けたが、こんなときに、実験に使うアンプル支持棒が足りなくなってしまった。学内ポータルサイトにログインして確認すると、予備のアンプル支持棒は事務室で貸し出してもらえるらしい。使いたければ、事務室に出向いて使用申請するしかない。

外に出るのは気が進まなかったが仕方ない。アンプル支持棒なしでは、研究に支障が出てしまう。

おそるおそる外に出ると、状況はますますひどいものになっていた。

キャンパスにいる学生全員が、ＮＩＭの手先と化していたのだ。全員が、アキの研究内容を盗もうとつけ狙っている。

だめだ、研究室へ戻ろう。アンプル支持棒はあきらめるしかない。

手が震え、抱えていた研究ノートを地面に落としてしまった。近くにいた男子学生が、すかさずしゃがみこんでノートに手を伸ばしてくる。

「触るな！」

いきおいよく怒鳴ると、男子学生は伸ばしかけた手をびくりと引っ込めた。

「二度と僕に近づくな。お前を雇ったやつにもそう伝えろ」

低い声ですごむと、男子学生はおびえた表情で逃げ去ってしまった。

このこともＮＩＭに報告するだろうか。好きにすればいい。

これ以上ＮＩＭの手先に姿をさらしたくなかったので、研究棟まで走った。すれ違う学生たちが、無遠慮な視線を浴びせてくる。みんな、なんとかして研究結果を横取りしようとたくらんでいるのだ。

さらに速度を上げると、足音がついてきた。全員、アキのことを追いかけ始めたのだ。

「うわあああああ!!」

喉の奥から悲鳴がほとばしる。アキは全速力でキャンパスを走り抜け、研究室へと飛び込んで扉を閉めた。

もう、この大学に自分の味方はいない。

絶望で足がすくみそうになり、アキは自分を叱咤《しった》した。後ろ向きになっている場合じゃない。メチロコカス・オパカスの研究は、僕が必ず完成させる。そう決めたじゃないか。

マッチを擦《こす》ってアンフェタミンを炙り、立ち上っていく煙を存分に吸い込んだ。

アンフェタミンの摂取量は、日に日に増えていった。

耐性がついてきたのか、どんどん効きが悪くなってきたのだ。初めて摂取したときは丸三日も起きていられたのに、今では、同じ量で半日しか効果が続かない。少しでも眠気を感じたら、即座にアンフェタミンを吸った。

身体に悪いことはわかっている。

でも、研究のペースが落ちることのほうがよっぽど怖かった。自分の健康よりも、メチロコカス・オパカスのほうが、今は優先だ。監視の目が気に障《さわ》るので昼間に外へ出るのはやめて、自宅に戻るときは深夜にこっそり抜け出した。夜中でも監視の目はあったが、昼間よりはマシだ。ただ、シャワーを浴びている最中にも視線を感じるようになったので、とうとう家の中にまで監視カメラを仕掛けられたようだった。

鏡に映った自分の顔は、ひどいものだった。顔色は真っ白で、頰《ほお》がこけ、唇が剝《む》けている。爪は割れたり欠けたりして、物を摑みにくくなった。眠らず、食事もほとんど摂《と》っていないのだから、身体に影響が出るのは当たり前だ。

時間の感覚も、完全になくなった。時計の針を見ただけでは、今が朝の五時なのか夕方の五時なのかもわからない。そんな環境が、今のアキにはありがたかった。関係のないことはすべて切り捨て、研究にだけ打ち込めるのなら、それが理想だ。砂に溺《おぼ》れる蟻地獄《ありじごく》のように、アキはずぶずぶと、シャーレで埋め尽くされた世界に沈みこんでいった。

研究の終わりは、突然来た。

あるとき、培養液を煮沸《しゃふつ》しながら、ふとエレファントキャンプで見た光景を思い出したのだ。初日に見学した製紙設備の中に、ポストカードの原料となるゾウの糞を煮沸消毒するためのかまどがあった。そこで作られたポストカードにメチロコカス・オパカスが付着していたということは、もしかしたら、煮沸殺菌後も残る菌がメチロコカス・オパカスの生育を何らかの形で助けるのかもしれない。

――いや、そんなわけないか。

アキは自分の考えを、即座に一蹴《いっしゅう》した。沸騰《ふっとう》したお湯の中で長時間煮れば、メチロコカス・オパカスを含むほとんどすべての菌が死滅してしまう。ポストカードについていたメチロコカス・オパカスは、おそらく完成後に付着したものだ。煮沸後にも菌が生き残っていた可能性は極めて低い。――が。

それでもなんとなく気になって、アキはサンプルの糞を十グラムほど煮沸殺菌してみることにした。ヤケクソというわけではないが、物は試しだ。一晩かけてじっくりと煮沸してから、ほとんど繊維のみになった糞を、とりあえず試験管の中にそのままぶち込んでみる。

翌日、その試験管の中には、肉眼でもはっきりとわかるほど明らかな異常が起きていた。一筋の細い糸が、風でちぎれた蜘蛛《くも》の巣のように液体培地の底に沈んでいたのだ。また雑菌混入《コンタミネーション》を起こしたのだろうと思い、期待せずに顕微鏡をのぞいて、アキはそのままの姿勢で息をのんだ。

何万もの増殖したメチロコカス・オパカスが、糸で織った城のような小さなコロニーを形成している。

「ジョンリの木か……！」

今さら気がついた。メチロコカス・オパカスを体内に持つゾウは、ジョンリの木を好むゾウじゃないか。メチロコカス・オパカスは、ジョンリの木の成分と反応することで増殖するのだ。高温で煮ることで菌は死滅するが、ジョンリの木の成分は変化しない。殺菌後も糞の中に残っていたジョンリの木が、試験管の中でメチロコカス・オパカスと出会い、増殖を助けたのだ。

ぷつりと糸が切れたように、アキはその場にへたりこんでしまった。

これで南極に行ける。

ずっと待ち望んでいたことが現実になろうとしているのに、不思議と冷静だった。やっと終わった。そんな気分だ。疲れが身体中に滲んで、床の上でいいから今すぐ眠りにつきたい気持ちだったが、そういうわけにもいかない。すぐに、追加の検証実験をしなければ。

コロニーの出来たシャーレ内の環境を確認し、次の実験の準備を整えたところで、いよいよ眠気にあらがえなくなった。

意識が心地よく薄れていく。

アンフェタミンを吸った直後でもないのに、全身が、経験したことのない多幸感に包まれていた。


「……キ先輩？　アキ先輩！」

肩を揺さぶられて、目が覚めた。重たい瞼を持ち上げると、梨花が心配そうにこちらをのぞきこんでいる。

「梨花。なんでここに……」

ああ、そうか。また床の上で寝たんだ。記憶を探りながら、アキはぶるるっと猫のように身震いした。風邪でも引いたのか、あるいはアンフェタミンの副作用か、体が芯から冷えきっている。

「すみません。事務室でカギを借りて、勝手に入りました」

梨花はアキの隣に膝《ひざ》をつき、すまなそうに言った。「みんな研究を中断してるのに、この研究室だけずっとカーテンが閉まったままだったから……もしかしてアキ先輩が中にいるんじゃないかって心配になって」

「研究を中断？」

「あれ、知らなかったんですか？」

梨花はぱちぱちと目をしばたたいた。「二日前、研究棟で停電があったんですよ。今日になってもまだ復旧してなくて」

「……停電？」

血の気が引いた。部屋の寒さは、空調が切れて温度が下がったせいだったのだ。数時間で起きるつもりが、一体僕は何日寝てた？

壁の温度計に目をやると、室内だというのに気温は二度まで下がっている。

「まずい……ッ！」

メチロコカス・オパカスは、寒さに弱いのだ。

アキは慌ててシャーレに向かったが、顕微鏡を使うまでもなく、シャーレの中の痕跡《こんせき》は消えていた。せっかく増殖したメチロコカス・オパカスはすべて死滅してしまったらしい。

「ありゃ、全滅ですか？　実験一回分、ダメになっちゃいましたね」

梨花の能天気な物言いが癇《かん》に障った。徒労に終わった〝一回分の実験〟は、よりによって、メチロコカス・オパカスの培養条件をやっと確立した〝一回〟だったのだ。

「……アキ先輩？　どうかしたんですか？」

「いや、なんでもない」

アキは声を押し殺した。「まだ研究を続けないといけないから……一人にしてくれないか」

梨花が研究室を出ていくと、気持ちが抑えきれなくなって、近くにあった椅子《いす》を思いきり蹴とばした。壁にぶつけるくらいの気持ちで蹴ったのに、椅子は床に横倒しになっただけで、しかもアキは軸足のバランスを崩してフラつき、壁に手をついてしまった。

明らかに体力が落ちている。

「クソッ……」

アンフェタミンに頼りすぎた。人間が何日も眠らず食事も摂らずに、平気でいられるわけがない。薬の効果で脳だけ覚醒《かくせい》していても、身体のほうはとっくに限界だったのだ。

残りのサンプルを保管しておいた部屋も、研究室と同じように気温が下がっていた。保管しておいたサンプルはすべて全滅だ。

落ち着け。すべてがダメになったわけじゃない。培養条件はすでに確立しているのだから、ディディに連絡して追加のサンプルを送ってもらえばいいだけじゃないか。幸い、サンプルを保管したアタッシュケースはまだ二つ残っているはずだ。

アキは大急ぎで自宅に戻ると、ディディからの手紙に書かれていたメールアドレス宛に連絡を入れた。残っているアタッシュケースを全て、着払いで送ってほしいと。

ディディからの返事は数時間ほどで来た。すぐに手配してくれるという。

焦ることはない、とアキは何度も自分に言い聞かせた。ディディからサンプルが届けば、すぐにでも研究を再開できる。

研究に区切りがついた今、アンフェタミンは必要ない。しかし吸わずにいるとどうしても欲しくなり、結局今までとあまり変わらないペースで吸い続けた。芳樹にもらった分は、そろそろ尽きる。追加で手に入れるには、やはり彼に頼るしかないだろうか。

ディディからの荷物が届いたのは、五日後だった。サンプル入りのアタッシュケースを抱えて研究室へと急ぐ途中、アキはキャンパスで浜田教授と出くわした。

「アキ、ちょうどよかった。電話しようと思ってたんだよ。研究室、今すぐあけてくれるかな」

「え？」

研究室をあける？　どういうことだ？

いぶかしがるアキに向かって、浜田教授は満足げに微笑みかけた。

「きみの研究は打ち切りだよ。ＮＩＭのチームが、メチロコカス・オパカスの単離培養に成功したんだ」

■

〈メタンガスを変換する微生物の培養に成功　世界初〉

彼らの快挙は、専門誌のトップニュースとして報じられ、ニュース番組や全国紙でも大きく取り上げられた。ワイドショーでは無責任なコメンテーターが「ノーベル賞は確実」などと嘯《うそぶ》き、各国の研究機関が祝辞を発表し、ＳＮＳは研究チームを称賛するコメントであふれた。

〈祝　メチロコカス・オパカスの培養成功　米原琢磨《たくま》　麦野浩平《こうへい》〉

帝都大の校舎にデカデカと貼りだされた垂れ幕を見上げ、アキは吐き気をこらえていた。

アーサー・ワイルドの研究チームへの推薦は、米原か麦野のどちらかに決まるだろう。

アキは南極に行けない――今回を逃せば、次のチャンスが来るのは一体いつになるだろう。

これまで研究に打ち込んできた数年間は、すべて無駄だった。奨学金をもらいながら必死に勉強を続け、覚せい剤にまで手を出していたのは、すべて南極に行くためだったのに。

でもダメだった。アキは競争に負けた。

今日大学へ来たのは、研究室を返却するためだった。最後の片づけを終え、私物を引き取って研究棟を出ると、なぜか玄関の前で米原と麦野がアキを待っていた。

「秀才がザマぁないよな」

米原は、そう言ってアキをせせら笑った。

「前に忠告したよな。理屈で考えて探そうとすると、かえって空振るって。俺とお前の勝敗を分けたのは、研究者としての実直さだよ」

「……そんなことをわざわざ言いに来たんですか」

米原はにんまりしてうなずいた。

「南極には俺が行くぜ」

アキは黙って二人の横をすり抜けた。これ以上、彼らの顔を見ていたら殴りかかってしまいそうだ。アンフェタミンの摂取量を減らし始めたことによる禁断症状か、最近やたらと手が震える。体が思い通りに動かないので、理性より感情に従って行動してしまいそうだ。

あんなくだらない人間が南極に行くのかと思うと、嫉妬《しっと》で頭がおかしくなりそうだった。

あと一歩だった。停電さえ起きなければ、僕のほうが早く浜田教授に研究結果を報告していたはずだ。あのとき、眠らなければ――そんな是非《ぜひ》のない後悔を、何度繰り返したかわからない。でも結局、研究者として優れていたのもＮＩＭのほうだったのだろう。まさかＮＩＭのチームが、あんなに早くメチロコカス・オパカスの培養にまでたどり着いていたとは思わなかった。研究の成果が論文として世間に公表されたタイミングから逆算するに、彼らが培養に成功したのは、おそらくアキが成功したのとほとんど同時期だったはずだ。

そこまで考えて、アキははたと立ち止まった。

いや――いくらＮＩＭでも、早すぎないか。メチロコカス・オパカスを体内に持つゾウは、確認されている限り、ウォンプアハン・エレファントキャンプにしかいないのだ。ウォンプアハンは拘留《こうりゅう》中で、エレファントキャンプも閉鎖されたままだと報道されている。アキのように現地のマハウトとつながりがあるならまだしも、タイで実地調査を行ったことのない彼らにとっては、培養どころかメチロコカス・オパカスそのものを手に入れることすら困難だったはず。

疑惑が煙のように頭の中に立ち込める。

ＮＩＭの研究チームは、アキと同じ研究棟を使っていた。彼らがアキのいない間に研究室に入り、実験の結果を盗んだのだとしたら？　やはり、あの視線は監視カメラが仕掛けられていたためだったのだ。

　ありえないことじゃない。

　いや、でも、まさか——

　肯定と否定が交互に脳の中を駆け巡る。

　兄の酒に火落ちを入れたのがＮＩＭではないかと疑ったときと同じだ。

　証拠はない。でも、疑わしい。

「アキ？」

　背後で声がして、アキはすごい勢いで振り返った。一瞬誰かと思ったが、芳樹だ。スーツなんか着てるから、誰かわからなかった。

「どうしたよ、ぼーっと突っ立って」

　ここで芳樹に会えたのはラッキーだった。あれがないと、不安と不快感で押しつぶされそうだ。追加のアンフェタミンをくれと、アキがせがむより先に、芳樹が軽い口調で言った。

「そういや、よかったな。ＮＩＭがメチロコカス・オパカスの培養に成功したらしいじゃん」

よかった？

アキはまじまじと芳樹の顔を見つめ返した。嫌味を言ってる顔じゃない。だとすれば、一体何がよかったというのだろう。

言葉を失うアキを見て、芳樹は「なに、喜んでねえの？」と首をかしげた。

「メチロコカス・オパカスは世界を救うんだろ？　世界のためになる発見なら誰がしても喜ばしいことじゃん」

思ってもみなかった場所を突かれた。

「それは……」

「あーそっか、お前、自分が発見したかったんだもんな」

芳樹はウサギをいたぶるキツネのような表情で、ぐっとアキのほうに顔を近づけた。

「世界をよくしたいとか、そんなんどうでもよくて、ただただ自分が南極に行くためにやってたんだっけ。だから、ほかに先を越されて悔しいんだ」

小馬鹿《ばか》にした口調で言われ、アキもさすがに言い返した。

「本気でメチロコカス・オパカスの培養に取り組んでたんだ。ライバルに先を越されたら、悔しいに決まってる。お前だって、短い間でもメチロコカス・オパカスの研究チームに加わってただろ」

「まあな。でも俺にとっては、お前よりＮＩＭが成功してくれたほうがありがたいんだわ」

どういう意味だ？

眉をひそめるアキに向かって、芳樹はごく普通の口調で続けた。

「俺、ＮＩＭに就職が決まったんだよ。給料はいいし転勤もねーし、事務職は仕事ラクっぽいし。これで一生安泰」

芳樹が、ＮＩＭに就職――このタイミングで？

芳樹の言葉はそのあとも続いたが、アキの耳を右から左に抜けた。頭の中を占めるのは、ごく自然な疑いだ。――芳樹が、アキの研究結果をＮＩＭに漏らし、見返りに内定を得たのではないか？

そうでなければタイミングがよすぎる。いくら浜田教授のコネがあるとはいえ、芳樹はこの間まで就職活動すらしていなかったのだ。いやそれとも、アキが知らなかっただけで、芳樹はすでに就活を始めていたのだろうか？

彼とタイに行ったのがいつだったか、頭が痛くて思い出せない。

「ま、ＮＩＭに先越されて残念だったかもしんねーけど、南極に行くのはあきらめろよ。お前はメチロコカス・オパカスの培養に失敗したんだから」

芳樹は窮屈そうにネクタイを緩めた。「てかさ、お前の実家の酒蔵、ネットで検索したらすぐ見つかったけど、とっくに潰れてんじゃん」

潰れたんじゃない。

確証のない反論が、自分の声で頭の中に響く。

潰れたんじゃなくて、潰されたんだ。ＮＩＭに。

彼らさえ、いなければ――

「山形にあった、小林酒造って会社だろ。あんま流行《はや》ってなくて、お前の兄貴が社長んなったのがトドメだったんだって？　なんか火落ち出して首吊ったらしいじゃん。もともと才能なかったんじゃねーの」

気がついたら、握りしめた自分のこぶしが、芳樹の顔面にめりこんでいた。

芳樹の身体が吹っ飛んで、枯れ葉を散らしながらアスファルトの上に倒れこむ。間髪容《い》れず、脇腹を蹴り上げた。一発、二発。自分のつま先が芳樹の腹を押しつぶすたび、頭の中が真っ赤に塗りつぶされた。身体の底で澱《おり》となって沈んでいたストレスが、呼吸のように身体から抜けていく。

仰向けに倒れた芳樹に馬乗りになり、胸倉を掴んで顔面を殴りつけた。続けざまに頬に二発。鼻血でこぶしがずるりと滑ってアルファルトをたたき、痛みでなおさらいらついて、目の前の顔をめちゃくちゃに殴り続けた。

芳樹がまったく抵抗していないことには気づいていたが、居合わせた学生たちから羽交い絞めにされるまで、アキは自分の身体を止めることができなかった。

7

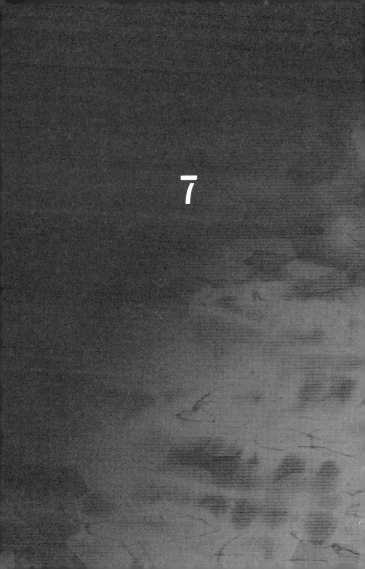

冷えたビールと枝豆、ネギとショウガをちょこんと乗せた冷ややっこ。

喉《のど》の奥を勢いよく抜けていった炭酸があまりに気持ちよくて、一人なのについ声が漏《も》れた。

「つあ〜〜〜……」

大学に休学届を出した帰り道にふらりと立ち寄った小さな居酒屋は、平日の真っ昼間だというのにほとんど満席だ。雑多な雰囲気が、妙に心地よく感じられる。

浜田《はまだ》教授からは、なかったことにはできない、と通告された。アキが芳樹《よしき》を殴り続けた現場は、多くの学生が目撃している。刑事事件になることも覚悟していたが、芳樹は怪我の原因を「転んだ」と言い張って、なぜかアキは行政上お咎《とが》めなしとなった。ただし、大学の人間は皆、事情を知っている。微生物学者としての将来は閉ざされたも同然だった。

自業自得だ。

アキは小さくため息をつくと、塩の効いた枝豆の皮を噛《か》んで、中の豆を口の中に押し出した。なんだか憑《つ》き物が落ちたような気分だ。今になってみれば、誰かに監視されているように感じられたのはアンフェタミンの作用だったのだとわかる。

芳樹を殴る間、自分が感じていた気持ちの名前にはすでに気づいている。開放感だ。何十年も閉じ込められていた狭い檻《おり》の中から、初めて出られた気がした。

NIMは兄の酒を盗んだのか、それともただ成果が被っただけなのか。火落ちが出たのはＮＩＭのせいなのか、それとも兄の不注意なのか。確かめようがないからこそ、疑念はいつまで経《た》っても晴れずに悩み苦しんできた。南極に行けばその心の靄《もや》が晴れる気がして、結果を残そうと必死だった。

でも、本当はずっと、解放されたかったのかもしれない。研究からも。兄からも。

研究者としての道が閉ざされたばかりだというのに、悪くない気持ちだった。こんなに美味《うま》いビールを飲んだのも久しぶりだ。抜け殻《がら》みたいな体の中を心地のいい苦みが巡って、胸の内側でぱちぱちと炭酸が弾けている。

早くもジョッキを飲み干したアキが二杯目を注文したところで、ポケットに突っ込んでいたスマホが振動し始めた。

誰からだろう、とスマホの画面を確認して、せっかく緩んでいた背筋が少しこわばる。

浜田教授だ。

「あーあ……」

窓ガラスに自分の顔が映るたび、情けなくてため息が出る。顔の真ん中に大きなギプスをつけられ、鼻の穴には丸めたガーゼを突っ込まれた間抜けな姿。唇がずっと半開きなのがさらに間抜けだが、鼻呼吸ができないのだから仕方ない。

大学からほど近いこの病院に、芳樹が顔中血まみれで担ぎ込まれてから、そろそろ二週間が経とうとしていた。

第二肋骨《ろっこつ》と第三肋骨の単純骨折および鼻骨の単純骨折、全治三カ月。来年四月の就職には間に合うからよかったが、結構な大怪我だ。同情した父が個室代を払ってくれたけれど、話し相手がいるぶん大部屋のほうがマシだったかもしれない。

入院生活は退屈だ。読書は飽きたし、スマホをいじるにも限界がある。気晴らしといえば別に美味くもない食事と、梨花《りか》が勝手に飾る生花を見ることくらい。

この日も梨花は花を持ってきた。今日はガーベラだ。

「お前毎日のように来るから、看護師に彼女かって聞かれたよ」

「へー。否定しといてくれました？」

「したよ」

花を持ってくるのは、梨花なりに祝っているのだろう。この状況を。

「親父は、米原《よねはら》をアーサー・ワイルドの研究チームに推薦《すいせん》することにしたってよ」

梨花は花束を包んでいたセロファンをはがしながら、かすかに唇の端を上げた。

「そうですか。残念ですね」

「しらじらしいこと言うな。本当はうれしいくせに」

芳樹は、アキの使っていた研究棟には入れない。でも、NIMの研究チームに参加している梨花なら、出入り自由だ。アキの研究をNIMに売ったのは、梨花だった。

「よかったな。お前の望み通り、アキが日本に残ることになって」

「ええ。アキ先輩が南極に行っちゃったら、寂しくて死んじゃうところでした」

NIMに就職したくないですか。

梨花がそんな電話をかけてきたのは、研究棟が停電した直後のことだ。梨花は、停電の影響を心配してアキの研究室を訪ね、アキが培養《ばいよう》に成功したことを知った。このままではアキが南極に行ってしまう——そのことを恐れた梨花は、芳樹に頼んで研究結果をNIMに横流しさせることにしたのだ。

芳樹にしてみれば、願ってもない話だった。

「お前タイじゃ、アキ先輩のことは研究チームの先輩としか見てませんって態度貫いてたくせにな」

「あんな人と毎日一緒にいて研究して、好きになるなっていうほうが無理ですよ」

梨花は花瓶《かびん》に生けた花の茎を切なげに撫《な》でた。「アキ先輩は優秀ですから、もしも南極に行ったらアーサー・ワイルドのもとで素晴らしい成果を挙げるはずです。そしたら、どんどん遠い存在になってしまう」

「それは日本にいたって一緒だろ。これからもあいつの研究を邪魔し続けんの？　ずっと？」

「はい」

梨花は即答した。

ひどい女に惚《ほ》れられたアキは気の毒だろうか——芳樹はそうは思わなかった。

「そうしろよ。できれば、研究者なんかやめさせろ」

梨花は意外そうな顔になった。

「芳樹さんは、アキ先輩は研究者には向いてないと思ってるんですか？」

「向いてねえだろ、あんな不器用なやつ」

芳樹は、研究者としての父の姿を、幼いころから見てきた。だから、確信がある。アキは研究者に向いていない。自分を際まで追い詰めて努力するくせに、肝心《かんじん》なところで優しすぎる人間は、大成しない世界だ。

自分は、アキの研究結果をＮＩＭに渡して、見返りに内定をもらった。友人を売って、得をしたのだ。でも、アキにはきっと同じことができない。象牙《ぞうげ》取引をネタに、ウォンプアハンと取引することができなかったアキには。

「どっちにしろ、アキ先輩はもう帝都大にはいられませんよ。あんな暴力事件を起こして、しかも殴った相手は、所属する研究室の教授の息子だし……」

梨花はあきれ交じりにため息をついた。「もしかして、わざと怒らせたんですか？　自分を殴らせて、浜田教授のもとにいられなくするために」

「まさか。俺は、ずっとあいつに言いたかったことを言っただけだよ」

芳樹は窓の外へ視線を向けた。ギプスで固定された無様な顔がガラスに映り、顔を動かすと痛いのに、つい表情をしかめてしまう。そんな芳樹を見て、梨花は聞こえよがしにため息をついた。

「アーサー・ワイルドは、今日の日本時間午後四時にHP《ホームページ》を更新して、南極探査についての詳細を発表するそうですよ」

「へー」

今がまさにその四時だ。梨花がスマホを手に取って、HPにアクセスする。

と同時に、芳樹の携帯に電話がかかってきた。父親からだ。

「なんだよ、病院内は通話禁止だぞ」

『芳樹、おもしろいことになったぞ』

父の声は弾んでいた。嫌な予感を感じて芳樹は「は？」とまた顔をしかめてしまい、痛みで涙目になった。

『言っとくが僕は米原を推薦したんだ。でも、その意見は無視されてしまった。彼は自ら論文を読んで、実力があると判断した研究者を自分でスカウトすることにしたらしい』

「待て、何の話だよ。彼って誰だ」

『誰って、アーサー・ワイルドに決まってるだろう。自分の研究室の一員に誰を選ぶかの話だよ』

「だから誰が選ばれたんだよ。結論から話せっつの」

ガシャン！

梨花の手から滑り落ちたスマホが床を打った。梨花は真っ青になって、棒切れのように呆然《ぼうぜん》と立ち尽くしている。震える唇から、「嘘《うそ》……」とかすれ声が漏れた。

おい大丈夫か、と芳樹が声をかけようとすると同時に、耳元で父の声が言った。

『アーサー・ワイルドは、アキを選んだんだよ』

エピローグ

新しく勤め始めたエレファントキャンプは、給料はいいのだが何しろ遠い。乗り合いトラックの荷台にすし詰めになって、高速の排気ガスにまみれた風をびゅんびゅん浴びること二時間。途中の国道で降ろしてもらい、麓《ふもと》の道をさらに一時間も歩いて、ディディはようやく住み慣れた故郷にたどり着いた。

竹を組んだ平屋が立ち並び、草を食《は》むゾウの鼻先を子供たちが走りまわる。東屋《あずまや》の日陰では、女たちが膝《ひざ》の上に載せた機《はた》織りで布を織っている。レイカン族の集落の、いつもの光景だ。

「あ！　ディディ帰ってきた！」

「おかえりー！　遊んで!!」

走りだした子供たちにつられるように、ゾウたちも、のっしのっしと歩いてくる。レイカン族の出迎えはいつだって盛大だ。女の子の一人は、ディディの足にまとわりつきながら「はい、これディディ宛の手紙だよ」と、小さな手に握りしめた封筒を差し出してきた。

「また、アキって人から！」

「おぉ」

差出人の名前を確認して、ディディはニヤリと口の端を上げた。彼から手紙が来るのは半年ぶりだ。最近、忙しいんだろう。

立ったまま封を切ると、シンプルな白い便箋《びんせん》に整った筆記体が流れていた。

「ねぇ、また写真入ってる⁉」

「見たい！　見せて！」

子供たちが騒ぐので、同封されていた写真から見た。見渡す限りの砂漠の真ん中で、作業着姿のアキが親指を立てている。同僚の研究者らしき外国人《ファラン》と一緒だ。

便箋には、トルクメニスタンの砂漠で細菌《バクテリア》の調査をしていることが書かれていた。こんな所に住んでる自分が言うのもなんだが、また随分辺鄙《ずいぶんへんぴ》な場所に行かされているらしい。この数年、アキの住所は変わってばかりだ。チベットの山奥やら、エチオピアの火山地帯やら。彼が師事するアーサー・ワイルドとかいう学者は、ずいぶん人使いが荒いのだろう。

来月には砂漠から引き揚げて、次はいよいよ南極に行くことになったそうだ。南極探査に参加するはずだった二人の隊員が亡くなったため、その穴埋めとしてチームに入れることになったらしい。

南極に行くのは、彼の念願だったはずだ。アキの夢が叶うのは喜ばしいことだ、が――同じ時期に隊員が二人も死ぬなんて、なんだか不吉な話じゃないか？　そんな呪われたプロジェクト、俺なら絶対参加したくないけど、でもきっと、アキなら大丈夫だろう。

〝南極から戻ってきたら、しばらく休みがもらえそうだ。そしたら、タイに遊びに行くよ〟

便箋の最後に書かれた一文を読んで、ディディは目を細めた。――そうか、またアキに会えるのか。

「ねえ、なんて書いてあったのー？」

「アキ、なんで砂漠にいるの？」

子供たちが手紙の内容を知りたがって、ぐいぐいとズボンを引っ張ってくる。気を取られた隙《すき》に長い鼻が伸びてきて、ディディの手から便箋を奪い取った。

「こら、返せ。それは食べ物じゃないよ」

慌《あわ》てて奪い返すが、プリチャは悪びれず、なお便箋に向かって鼻を伸ばしてきた。アキからの手紙だと、プリチャも知っているのかもしれない。

「プリチャ、アキが南極に行くんだってよ」

鼻を撫《な》でながら声をかけてやると、わかっているのかいないのか、プリチャはまぶしげに目を細めた。赤みがかった象牙《ぞうげ》は、太陽の日差しを浴びて鮮やかに輝いている。

湿った風が吹き抜けて赤茶色の砂を巻き上げ、ディディは目を細めた。

この砂の一粒一粒の中にも、数えきれないほどたくさんの聖霊がいて、連なって世界を成している。

アキが聖霊を使って何をしようとしているのかは知らない。でも彼のことだからきっと望む場所にたどり着けるだろうと、確信を持って思う。目に見えない小さなものたちは皆、アキのことを導いてくれるはずだ。
だって彼は、ゾウを助けてくれたのだから。

THE HEAD 第一話に続く

※この作品はフィクションです。実在の人物・団体・事件などにはいっさい関係ありません。

集英社オレンジ文庫をお買い上げいただき、ありがとうございます。
ご意見・ご感想をお待ちしております。

●あて先
〒101-8050　東京都千代田区一ツ橋2-5-10
集英社オレンジ文庫編集部 気付
江坂　純先生

スピンオフノベル
THE HEAD 前日譚　アキ・レポート

集英社
オレンジ文庫

2020年7月27日　第1刷発行

著　者　江坂　純
原　作　アレックス・パストール　デヴィッド・パストール
編集協力　添田洋平（つばめプロダクション）
発行者　北畠輝幸
発行所　株式会社集英社
〒101-8050東京都千代田区一ツ橋2-5-10
電話【編集部】03-3230-6352
【読者係】03-3230-6080
【販売部】03-3230-6393（書店専用）
印刷所　株式会社美松堂／中央精版印刷株式会社

※定価はカバーに表示してあります

ISBN 978-4-08-680335-9 C0193